CHANTO SUKI TTE IERU KO MUSOU

学園の憧れアイドル様は、
二人きりのときだけ
甘え下手な頑張り屋さん

「雨音がこんな弱いとこ見せるの、
和泉っちだけなんだからね……？」
天崎雨音
AMANE AMASAKI

「わ、私はセンパイのことなんて
何とも思ってない……」
学園の天使ちゃん……
の隣にいる悪魔ちゃんが、
案外ちょろいことを
俺だけが知っている
春日波留
HARU KASUGA

白菊白亜
HAKUA SHIRAGIKU
「和泉くんのことも、
たぁくさん甘やかしてあげますからね？」
氷の女神様は、
俺にだけ
甘みが過ぎる
～実家から勘当されたのに、なぜか
元・許嫁が放っておいてくれないんですが～

そんな三人に無双する
「ちゃんと好きって言える子」
あ～ん♡
七瀬七緒
NANAO NANASE

CHANTO SUKI TTE IERU KO MUSOU

CONTENTS

ちゃんと好きって言える子無双

七菜なな

MF文庫J

口絵・本文イラスト●ちひろ綺華

Ⅰ／ヒロインレースの必勝法

【ヒロインレース】
それは命を賭して繰り広げられる過酷な生存競争。
【ヒロインレース】
それは血で血を洗う仁義なき正妻戦争。
【ヒロインレース】
それは勝者と敗者を明確に分け隔てる世界の縮図。

『そのヒロインレースで勝利する条件とは如何《いか》に――』

しかし答えは容易に導き出せぬ。
なぜならヒロインの魅力とは、無限の可能性を持った人生の迷宮。ツンデレもクールも真面目も男勝りも甘々も、みんなよくてみんな勝ち。多少ニッチなやつだって、この世界の誰かの大正義。人の性癖の数だけ、ヒロインレースも多彩な顔を見せる。

そもそもヒロインレースで勝利する条件など、存在するのか。

――ある。

そして今、一人の少女がその必勝の言葉を告げた――。

「――――」

憐《あわ》れな負けヒロインたちは、ただ呆然《ぼうぜん》と恐れ慄《おのの》くしかないのである。

「「「こいつ……やりやがった!?」」」

Ⅱ／甘え下手な頑張り屋さん

澄江《すみえ》和泉《いずみ》の話をしよう。

この男の境遇を、ある種のエンタメタイトルになぞらえて表現するとこうであろうか。

『役立たずと実家を追放された俺、平民の高校生に紛《まぎ》れながら陰の実力者として学園を支配する』

いやいや待ってくれ、と和泉は思った。

全体的にニアミスだ。情報の正誤性で言ったのなら、半分も当たっていない。つまり50点以下だ。よほど平均値を引き絞ったテストでないと、追試の可能性だって見えてくるではないか。

そもそも自分は陰の実力者ではないし、この学園を支配していない。平民という言い方もよくない。

ここは普通の高校だ。特別に入試のハードルが高いわけではないし、ヤンキー漫画ばりに荒れることもない。

朝には生徒たちの他愛《たあい》ないおしゃべりに花が咲き、授業中は半分程度が舟をこぎ、放課後は部活動生の活気のある声が響く。男女グループを作ってわいわいと賑《にぎ》やかにリーダーシップを取る連中もいれば、ときどきギターケースを背負って歩く一匹狼《いっぴきおおかみ》もいる。東京《とうきょう》にある普通の高校だ。

そんな学校に陰の実力者はいないし、自分も知らない。いや、知っていたら陰の実力者ではないのか？　どうでもいいか。

まあ、実家から役立たずと追放されたのは事実であるが。

ぼんやりとした思考は、そこで騒がしい声にかき消された。

「和泉《いずみ》！　おまえ、放課後ヒマ!?」

「え。なに？」

耳元で叫ばれて、耳がキーンとなった。

和泉は幼い頃、中耳炎を患っていたことがある。その名残か知らないが、けっこう音に敏感だったりする。どうでもいいことである。

すると三人の男子が、和泉の席に押し掛けてわっとまくし立てた。

「今日、聖憐《せいりん》の女子たちとカラオケの約束あるんだ！」

「ヘルプ頼む！」

「おまえ、顔と家柄だけが取り柄だろ！」

「その無駄なイケメンを世界のために有効活用しようぜ！」

「てか、撒き餌《え》くらいしかおまえの生きる価値ないじゃん！」

散々な言われようであった。

とてもではないが、助《すけ》っ人《と》を勧誘するタイミングで浴びせる言葉ではないだろう。実は嫌われてるのかな……と微《かす》かな疑いを覚えたのは、和泉だけではなかった。

これが和泉のクラスでの評価である。

顔と家柄だけ……和泉は非常に顔面偏差値が高い。しかしそれだけである。学園を裏から支配するどころか、ほとんどマスコット扱いであった。

そんな三人に対して、和泉はフッと意味深に微笑《ほほえ》んだ。

「バカだな。おまえら、自分の首を絞めるようなもんだぜ？」

「「「……っ!?」」」

やけに自信満々な様子に、三人が息を飲んだ。

自他ともに認めるイケメンが、合コンに参加しない。それが他の男たちのためになるという。その言葉の真意は如何《いか》に。

そして和泉は、これ以上ないほどの決め顔で告げた。

「俺が合コンなんて行ったら、おまえらに一人も女子が残らねえからな。そんな可哀《かわい》そうなこと俺にはできねえよ」

和泉《いずみ》の周囲に謎の薔薇《ばら》が咲き誇った……ような気がした！

「「「…………」」」

無言であった。

三人がしらーっとした顔で和泉を見つめる。

和泉の周囲で咲いていた謎の薔薇が、みるみる萎《しぼ》んでいく。同時に和泉の顔が真っ赤に染まり、やがてプルプルと震えながら三人に怒鳴った。

「なんか言えよ！　俺がスベったみてえだろ!?」

紛《まぎ》れもなくスベってるのだが、主観ではギリギリセーフであった。

そんな和泉を眺めながら、三人は顔を見合わせてため息をついている。

「これだよ」

「恥ずかしいなら言わなきゃいいのにな」

「やっぱこいつダメだわ。絶対に空気、白けさせる」

ボロクソであった。

あまりに温情のない対応に、さすがの和泉も物申す所存である。

「うるせえよ！　おまえらがヘルプに来いって言いだしたんだろ!?」

「イマドキはトークのほうが大事なの」

「顔だけの俳優より、不細工な芸人がモテる時代なんだよ」

「おまえマジで顔と家柄しか取り柄ねえじゃん」

ド正論でグサグサやられていると……。

「えー。何々？　和泉っち、どうしたの～？」

そんな快活な言葉と共に、髪を明るめに染めた女子生徒が教室へと入ってきた。

【天崎雨音《あまさきあまね》】

現役のモデルという肩書を持ち、イマドキの十代女子のファッションリーダー的な扱いを受ける美少女である。

間違いなく、この学園が誇る恋愛強者《メインヒロイン》。

その登場にクラス中が色めき立った。

「雨音、久しぶりっ！」

「先週から来てなかったじゃん。どうしたの？」

「仕事？　こんなに空けることなかったよね？」

すると雨音が、少し気まずそうに苦笑いを浮かべた。

「や～。ちょっとパパに連れられて、ロス行ってて……」

けっこう大きめの報告に、クラス中が沸いた。

「マジかよ！」

「すげえじゃん！」

「雨音《あまね》のお父さんって、デザイナーしてるんだよね？」

矢継ぎ早に浴びせられる言葉に、雨音は慌てて返事をしている。

「デザイナーっていっても、全然有名とかじゃないし！　今回もお師匠さんって人の付き添いで連れてってもらった感じだしね」

「でも雨音も一緒に行ったんだろ？　すごくね？」

「すごくないよ〜。仕事風景とか楽しかったけど、突然だから参っちゃった」

そう言いながら、腕に提げたトートバッグを開けた。雨音がその中から、いくつかの種類のキーホルダーを大量に教壇に盛る。

「はい、みんなにお土産。向こうで流行《はや》ってたから買ってきたんだ〜」

一つずつ手渡しで配っていくが、それがしっかりとクラスメイトの好みを把握しているようだから驚きだ。女子たちは「わ、これ好きかも」とか嬉《うれ》しそうに話しているし、男子たちにも漏れなく好評のようである。

そんな中、クラスメイトの女子が言った。

「あ、雨音。てか、その前に今日の小テスト聞いてる？」

「うん。一限の数学でしょ？」

「休んでたのに大丈夫？」

「予習は向こうでやってたからバッチリだよ♪」

「ヤバ！　雨音、さすが学年トップ！」

尊敬のまなざしを向けられると、むず痒《がゆ》そうにした雨音が「もぉ～っ！」と叫んだ。

「しょうがないな～。わからない人、まとめて来い！　雨音が教えちゃる！」

わいわいと雨音の席に集まって、あれやこれやと小テストの要点を話している。内容は非常にわかりやすく、不安のあったクラスメイトたちも十分な自信に繋《つな》がったようだ。これがクラスでの雨音の立ち位置である。


――その日の放課後。

部活動生たちが散り、その他の生徒たちも帰りつつある教室。そんな中で、帰宅部の女子たちが雨音に声をかける。

「ね、雨音。一緒に帰ろ～」

「この前、雨音が絶対に好きそうなクレープの店、見つけたんだ～」

しかし雨音《あまね》の席で広がる光景に、首をかしげた。

和泉《いずみ》が眉間に皺《しわ》を寄せ、教科書の前で険しい表情をしている。どうやら問題を解こうとしているようだが……その雰囲気から、どうも順調ではないとわかる。

「……………………」

それを雨音が、困ったような表情で見ていた。

「和泉っち、どう？」

「……わからん」

和泉の成績を知っているクラスメイトの女子たちが、はあっとため息をついた。

「和泉さ。無駄な努力やめときなって」

「いつも雨音に勉強教えてもらってるのに、全然テストできないじゃん」

和泉がむっとして言い返した。

「うるせえなあ。俺は大学の推薦取らなきゃいけないんだよ」

「だから無駄だって。雨音、うちらと遊んでるほうが有意義だぞ〜」

雨音が慈愛の笑みで応えた。

「やあ〜。やっぱ可哀《かわい》そうじゃん？　和泉っちだって、やればできると思うからさ〜」

「女神かよ。あ〜もう、雨音がそう言うならしょうがないか」

女子たちが「雨音やさし〜」とか言いながら、教室を出て行った。

そして和泉と雨音が二人きりになった。

しばらく廊下からは、他のクラスの生徒の足音が聞こえている。やがて人の気配が消え、遠くグラウンドから運動部の練習の声が聞こえ始めた頃……。

——和泉が両腕を組み、雨音がそっと机に平伏《ひれふ》した。

「可哀そうで悪かったな？」

「すみませんでした！　今日も雨音に勉強、教えてください！」

立場が逆転した。

その変貌ぶりをクラスメイトたちが目撃したなら、一様に目を剥《む》いたことであろう。先ほどまで和泉が見やすいように配置されていた教科書を、くるりと反転させた。

そして和泉が、呆《あき》れたように言った。

「その完璧な優等生って見栄《みえ》張るのやめたら？」

「でも！　今更やめられないじゃん！」

「まあなあ。なんでみんな、あんな綺麗《きれい》に騙《だま》されてるんだろうなあ」

「それは雨音が聞きたいよ～っ！」

事の起こりは、一年の夏休みのことであった。

定期テストの赤点で留年寸前となっていた雨音《あまね》に、和泉《いずみ》が勉強を教え出したのが始まりである。その頃から、このように定期的な『勉強会』が開かれていた。

「てか最初に、おまえが調子に乗ってクラスの連中に『教えてあげる〜』とか言わなければよかったのでは？」

「だって和泉っちのおかげでテストがいい点になったら、みんなが『教えて〜』って言ってきたんだもん！」

「その頼られると断れない癖、高校卒業するまでに治しといたほうがいいぞ」

「ううっ！　わかってるけど、あんなキラキラした目で見つめられると〜っ！」

嘆いている雨音に、和泉がニヤニヤしながら告げた。

「自分のキャパ、ちゃんと把握しとけ〜」

「流行《はや》りの勉強するだけでも手一杯なのに、学校の勉強なんてしてる暇あるか〜っ！」

「それはごもっともなんだけど、本末転倒じゃねえか……」

和泉は一冊のノートを取り出した。

表紙には『A専用⑮』と書かれている。Aとは雨音のことである。

「はい、今回の授業内容な」

「和泉っち先生、ありがと〜っ！」

「語呂悪ぅー」

雨音が目をキラキラさせながら、そのノートを開いた。

雨音が休んでいる間の授業内容をまとめたものである。それも雨音の勉強の傾向を鑑みて、弱点を中心にわかりやすく解説したもの。

雨音のためだけに和泉が編集した、オリジナルの教材である。

和泉はそれを指さしながら言った。

「この公式、絶対に覚えとけよ。この時期の中間テストには間違いなく出るからな」

「う、うん。メモ取っとく」

「中間テストだけじゃねえからな。これから習う公式の基礎にもなる。もし迷ったら、この公式を当てはめてりゃだいたい解ける」

「和泉っちならそうだけど、雨音には難しいんだって……」

「反復練習しろー。脳じゃなくて身体《からだ》に覚えさせるんだよ。勉強っていうのはスポーツと一緒だ。やった分だけ、身体に染みつく。勉強は要点だけやりゃいいんだから、スポーツより楽勝だろ」

謎の持論を展開しつつも、雨音にはけっこうしっくりきている様子である。

そんな勉強を二時間ほど続けていると、やがて最終下校時刻を告げるチャイムが鳴った。

和泉は参考書を閉じて、スマホで時間を確認する。

「じゃ、他の教科はまた今度な」

雨音《あまね》が机にぐでーっと突っ伏した。

「いつもありがと～先生～」

「先生やめぃ」

「今度の中間、ほんとヤバそうでさ～。パパがけっこう仕事受けちゃって、いつ勉強すんだよ～って感じ……」

「ふうん。マネージャーが実の親ってもの大変だな」

どこか他人事《ひとごと》のように言いながら、和泉《いずみ》は鞄《かばん》に参考書を詰める。

「俺は要点を教えてるだけで、あとはおまえの努力の結果だろ」

しかし雨音は不満げである。

「自分は赤点ギリギリだけ取って満足してるのもったいないって～」

「バカのふりするのも慣れたら楽だぞ。期待されないってのは人生を生き抜く最強の武器だからな」

「それ、雨音に言うの～？」

「すまん、すまん。俺の場合は、だな」

苦笑して告げる和泉に、雨音は微妙な顔で言う。

「で、でも、なんか雨音がズルしてるみたいじゃん……」

「そんなことない。さっきも言ったけど、おまえの努力があってこそだろ」

和泉の言葉に、わずかな嘘《うそ》もなかった。

今朝の小テストの勉強会。あの様子を、和泉も見ていた。

自分が点を取れるのと、他人に教えられるのは意味が違う。他人に教えられるということは、それをしっかり自分のものにできている証拠だ。

雨音は、地頭はいいのだ。問題は勉強する時間が満足に取れないこと。それをこの放課後の限られた時間で、要点を叩《たた》きこむのが和泉の教え方であった。

「おまえが頑張ってるの見てるだけで、俺は楽しいよ」

「……っ」

雨音の頬《ほお》が赤く染まったことに、和泉は気づかずに……。

和泉は鞄を肩にかけると、雨音に言った。

「雨音は飲み込みも早いし要領もいい。今のところ、勉強に充てられる時間が少ないだけだ。高校卒業するまでには、いい感じになるからさ」

「卒業……」

「どうした？」

「あっ！　いやいや！　なんでもない……」

やや挙動不審であった。

しかし和泉は気にしない。

「それじゃあ、俺はそろそろバイトあるから。戸締まりよろしくな」

「う、うん……」

そして鞄《かばん》を持ったとき——そのアバンギャルドな犬のキーホルダーが夕陽《ゆうひ》に煌《きら》めいた。

雨音《あまね》のお土産である。

それを見た瞬間、雨音は思わずその袖を引いていた。

「雨音？」

「あ、あのね……」

やや躊躇《ためら》いを見せるが、すぐに意を決した。そして夕陽にも負けないほどに頬《ほお》を真っ赤に染め、消え入りそうな声で訴える。

「こうやって勉強教わってるの、誰にも言わないでよ？　雨音がこんな弱いとこ見せるの、和泉《いずみ》っちだけなんだからね……？」

「…………」

その少し潤んだまなざしを受けて、和泉は微笑《ほほえ》んだ。

「わかってるよ」

その笑顔に、雨音の顔がさらに真っ赤に染まった。

「う、うん。……それだけ」

「それじゃあ、また明日」

そう言って、和泉は教室を出た。

和泉が教室を出た後。

雨音は彼が編集したオリジナルのノートを抱えて、キャーッと足をバタバタする。

（和泉っち！　ぜったい、雨音のこと好きじゃ〜ん！）

このノートも、もう十五冊目。ただでさえ面倒くさいだろうに、それをこんなにも献身的に続けてくれるのだ。絶対に『ただの友だち』の感覚ではないだろう。さっきの和泉とのやり取りを思い返すだけで、顔がふにゃふにゃになるのが止められなかった。

そして和泉にあるであろう下心……雨音にとっては好意的なものであった。

いわゆる両片思い。どちらかが踏み出せば、簡単にハッピーエンドになるシチュエーションだ。

しかし、ここ一番で踏み出せない。

関係が進んでしまって、ぎこちなくなってしまうのが怖い。そもそも男子と付き合ったことがない。付き合った後、どうやって振舞えばいいかわからない。

何より告白して、万が一にもフラれてしまったら……なんて弱気なことを考えてしまうのは、やはりみんなの知っている人気モデルの雨音《あまね》ではなかった。

でも、それでもいいのだ。

本当の雨音を知っているのは、和泉《いずみ》だけでいい。そして本当の和泉の価値を知っているのも自分だけでいい。

（あ〜も〜っ！　いくら競争相手がいなくても、じれったすぎるよ〜っ！）

雨音はまたバタバタと足をばたつかせる。


【天崎《あまさき》雨音】

片思い歴『半年以上』。

そんな雨音の置かれたシチュエーションを、ある種のエンタメタイトルになぞらえて表現するとこんな感じだろうか。

『学園の憧れアイドル様は、二人きりのときだけ甘え下手な頑張り屋さん』

Ⅲ／放っておいてくれないガール

この学園には、二人の絶対的な恋愛強者《メインヒロイン》が存在する。

二年の天崎雨音《あまさきあまね》。

そしてもう一人が——三年の生徒会長であった。

その日は全校集会があった。一年生が学校に慣れて羽目を外し始める時期なので、ここらで一回きゅっと締めておこうという腹積もりのようだ。

とはいえ、生徒にとって楽しい時間ではない。弛緩《しかん》しきった空気の中、進行の女性教諭がマイクで告げた。

『生徒会長の白菊《しらぎく》さんから、来月の体育祭について連絡があります』

にわかに生徒たちがざわめいた。

一人の美しい女子生徒が、ゆっくり壇上へと上がる。

立てば芍薬《しゃくやく》、座れば牡丹《ぼたん》、歩く姿は百合《ゆり》の花……とは言うが、その名前もまた負けじと可憐《かれん》である。


【白菊白亜《はくあ》】

この学園の生徒会長であり、世界的な製菓メーカーのご令嬢。

こんな平凡な高校には不釣り合いな立場を持ち、その上で当然のように成績優秀。入学当初からこれまで、学業では一位を譲ったことがなく、全国レベルでも上位の成績を維持し続けている。

教師たちからの信頼も厚く、いずれは優秀な大学へと進学し、実家の大会社の未来を担うはずだ。まさに画《え》に描いたような優等生とはこの少女を言うのだろう。

そんな白亜が、壇上で涼やかに礼をした。たったそれだけで、この退屈が沈殿した体育館の空気が底から浚《さら》われ、清々《すがすが》しい春の風に満たされていくようであった。

『ご静粛に』

ピリッとした緊張感が、生徒たちを包んだ。

その一言だけで、さきほどまでのざわつきが収まった。校長の言葉もまともに聞かない生徒たちにも、この生徒会長の声はよく響いた。

『生徒会長を務めます、白菊白亜です』

その声もまた美しかった。

生徒たちの中には、とろんとした目で見つめる者もいる。もはやこの学園の恒例となった光景。誰も不思議に思うものはない。

――氷姫《こおりひめ》、とか呼ばれているらしい。

二年の雨音《あまね》と並ぶ、この学園の恋愛強者《メインヒロイン》。

しかし雨音とは、性質は正反対である。分け隔てなくフレンドリーである雨音に比べて、彼女は普段からそれほど他人と関わるタイプではない。しかしその浮世離れした佇《たたず》まいから、生徒たちには一種の畏敬の念のようなものが生まれていた。

そんな中、白亜《はくあ》が来月の体育祭についての注意事項を述べていく。内容としては、それほど特別なものではない。怪我《けが》をしないように、スポーツマンシップを忘れずに、学園周辺の皆様に迷惑をかけないように……といったことである。

きっちり五分。やはり校長の話と大差ないが、こっちは時間があっという間だ。少なくとも、生徒たちはそう感じていた。

『……以上です。全員で協力し、思い出に残る体育祭にしましょう』

そんな通り一辺倒な言葉を告げるだけで、生徒たちが非常に満足げに返事をするから教師たちの立つ瀬はないものだ。

そんな白亜の話を、和泉《いずみ》は有象無象の生徒たちの列から聞いていた。

隣の男子生徒たちが、ボソボソと言葉を交わしている。

「白菊《しらぎく》先輩、今日も麗しい……」

「それな。可愛《かわい》いとか、美しいとかじゃないんだよ」

「恋人とかいるのかなあ」

「今度はバスケ部の吉野《よしの》が告白して、玉砕したらしいぜ」

「吉野がダメかあ。じゃあ、うちの男子は無理じゃん」

昨日、合コンがどうのと言ってきた佐藤《さとう》くんだ。そういえば、結果はどうだったのだろうか……いや、成功報告がなかった時点で聞くまでもないか。

（白菊《しらぎく》先輩の恋人か……）

そんなことをぼんやりと考えていると、ふと壇上から降りる白亜《はくあ》と目が合った——ような気がした。

うっすらと微笑《ほほえ》まれたような気もしたが、おそらく勘違いだろう。だってこんなに遠いのだし。

和泉《いずみ》はそう結論付けて、次の進路指導の男性教諭の話に耳を傾けた。


——放課後。

今日も、特にこれといったこともなく平穏に終わった。

バイトが終わると、和泉は帰りの電車でうーんと考えた。

（夕飯、どうしようかな……）

近所のコンビニで適当なものでも買うかと考えていると、スマホが鳴った。その内容を見て、和泉は眉根を寄せる。

（……あれ？　今日はバイトだって伝えてたけど）

そのメッセージを見て、和泉はコンビニの前を素通りする。自分が住んでいるマンションに到着すると、エレベーターに乗って三階へと昇った。

このファミリー向けの１ＬＤＫのマンション……ただの男子高校生の一人暮らしにはもったいないと常々思っているが、用意してもらった手前、変えてほしいとも言いづらい。

こういう部分を見ると、他人より恵まれているとわかる。そんな環境に申し訳なく思いながら、和泉は自室へと帰ってきた。

鍵を開け、玄関に入った。

予想していた通り、女子のローファーが置いてあった。同時に、とてもよい匂いが漂ってくる。

（うわー。今日ちょっと寒かったし、ビーフシチューとか最高か……）

ダイニングに顔を出すと、隣室の住人が出迎えた。

「和泉くん。おかえりなさい」

学園の生徒会長、白菊白亜である。

一度は自室に帰ったらしく、ラフめの私服姿であった。髪を大きく後ろで縛り、料理しやすいスタイルになっている。ご丁寧にエプロンを着けて、新妻感が凄《すさ》まじい。彼女はお玉で鍋からビーフシチューを掬《すく》い、味見をしていた。

和泉《いずみ》に気づくと、にこりと微笑《ほほえ》んでくる。

学園の冷たい彼女とはまるで正反対の笑顔。

花がほころぶような光景に、甘い蜜の香りが漂う気がして……しかしそれも束《つか》の間《ま》、白《はく》亜《あ》はお玉を置いてエプロンを外す。

そして両腕を広げて、ぎゅうっと抱きしめられた。

自身を包み込むような柔らかな感触に、和泉は身体《からだ》を強張《こわば》らせながら……。

「た、ただいま。白菊《しらぎく》先輩……」

「……むぅ～」

なぜかものすごく不満そうに、頬《ほお》を膨らませる。その言わんとすることを察して、和泉は苦笑した。

「……白亜姉さん」

「っ！」

ぱあっと顔をほころばせる。

まるで幼子にでもするように、よしよしと頭を撫《な》でられた。

「よくできました♪」

「あの、もう高校生なんですけど……」

「うふふ。和泉くんは、いつまでもわたくしの弟のようなものです」

「そもそも初めて会ったのが小学生の頃なんだよなあ……」

この一連の流れが、初めて互いの両親に引き合わされてからの慣例である。

えらく情熱的な挨拶を交わしている間、和泉は非常に気まずそうに視線を彷徨《さまよ》わせていた。

（氷姫《こおりひめ》、ねえ……）

思春期男子的には、凄まじく気恥ずかしい出迎え。それでなくとも感じるのだ。……自身の胸部に押し付けられる凄まじい存在感を。

慌ててその肩に手を添えて、そろそろと距離を取ろうとした。

「あの、白亜姉さん。離れて……」

「おかえりなさいのハグは、心を落ち着かせる効果があるのですよ？」

「たとえ学会で証明されていようとも、年頃の男女が気軽にやっていいことではないと思います……っ！」

こんなスキンシップはさすがに心臓に悪い。

（この人、プライベートになると距離感バグってるんだよなあ）

昔からこうなのである。

かつて自身がまだ実家にいた頃から、白亜《はくあ》は和泉《いずみ》に対してこんなスタンスであった。むしろ高校で同じ学校に通うようになってから、普段はあんなスタンスだと知って驚いたものだ。

しかしそんな和泉の胸中などお構いなしに、白亜が手を引く。

「バイトお疲れ様。ご飯にしましょう♪」

「う、うっす……」

一旦、部屋に鞄《かばん》などを置き、私服に着替えて再びリビングに出ていく。すでにテーブルの上には、二人分の夕食の準備が終わっていた。

白亜も当然のことのように、向かい側の椅子に腰かけた。

ビーフシチューをメインに、バランスのよい献立が並ぶ。見た目も非常に華やかで、とても男子高校生の一人暮らしでありつけるようなものではなかった。

実際、和泉が一人のときは、だいぶ適当な食事が多い。そのことを見越しての、この訪問ではあるが……。

「いただきます！」

「はい。どうぞ」

さっそく食事を口に運んだ。相変わらず、非常にうまい食事だ。バイト疲れに、じーんと身体《からだ》に染み渡るようである。

（この人のご飯、いつもうまいなあ……）

学園の生徒たちが聞いたら騒ぎそうなことを、のんびりと考える和泉であった。それから八ッとして、慌てて礼を告げる。

「いつもすみません。白亜姉さんも生徒会とかで疲れてるのに」

「いいんですよ。自分の食事を準備するついでですから」

「でも、本当にご家族は何も言わないんですか？　娘さんがお家《うち》から離れて生活しているとか、心配しませんか？」

「フフッ。その言葉、そっくりお返しします」

「いやあ。俺と白亜姉さんは、話が違うと思いますけどね……」

和泉と白亜。

互いに日本を代表する大会社の家に生を受けた。

同時に経営戦略として長く手を組むパートナーでもある。

学園では接点のない二人だが、その関係を端的に表現するならば親の決めた結婚相手。平たく言えば許嫁《いいなずけ》である。……いや、和泉が跡取りでなくなった今は『元許嫁』となるのであろうか。

「昼間、うちのクラスの男子が、白亜姉さんに恋人がいるのかって話してましたよ」

「あのおしゃべりは、そんな内容だったんですね」

「あっ……」

痛いところを突かれ、和泉《いずみ》がぎこちなく視線を逸《そ》らした。

その鼻先を、白亜《はくあ》がツンと指で小突く。そして拗《す》ねたように頬《ほお》を膨らませた。

「お姉ちゃんのお話を無視する悪い子には、もうご飯を作ってあげませんよ？」

「すみません……」

まったくその気がなさそうな台詞《せりふ》に、和泉は苦笑した。

どうやら怒っているわけではない様子である。少し安心すると、ちょっとした悪戯《いたずら》心のままに聞いてみた。

「ちなみに好きな異性のタイプはあるんですか？」

「そうですね……」

スプーンを置くと、フフッと穏やかに微笑《ほほえ》んだ。

「いつまでも子どもの心を持った人、です」

「世界中のヒモ志願者が大喜びする返答ですね……」

実際、こうやって元許嫁《いいなずけ》の夕食の世話をしてくれるのだ。割と本気なのではないか……と和泉は訝《いぶか》しんだ。

するとそんな心境を読んだのか、白亜が甘く蕩《とろ》けそうな笑顔で言う。

「和泉くんのことも、たぁくさん甘やかしてあげますからね？」

「リアクションに困りますね……」

いや、嬉《うれ》しいとは思うのだが。

こうやって関係が『元』となった今でも、変わらずに接してくれるのもありがたい。

ただ、さすがに女子に甘えっぱなしというのは、こう、なんだ。背中あたりがむず痒《がゆ》く
なってしまうのだ。だって思春期男子なんだもん。

（あっ。せっかくの料理が冷めちゃうな……）

すっかり食事の手が止まっていた。再びビーフシチューを口に運ぼうとすると、白亜か
ら視線を感じた。

「と、ところで……」

コホン、とわざとらしく咳《せき》をして、白亜が言い出した。

「先ほどから平然と召し上がっていますが、何か言うべきことがあるんじゃないですか？」

「あっ」

そういえば会話に気を取られて、一番大事なことを疎《おろそ》かにしていた。いくら心で思った
ところで、相手に伝えなければ意味はない。

「すごくうまいです！」

慌てて言った感想に、しかし白亜は不満そうに頬を膨らませた。

「どのくらいですか？」

「え？」

予想外の切り返しに、和泉《いずみ》が口ごもる。

白亜《はくあ》はじーっと見つめてきた。まるで普通の女子のような拗《す》ね方に、和泉は内心で大いに狼狽《うろた》える。

「え、えーっと……」

その期待の籠ったまなざしは、キラキラと輝いている。

気恥ずかしさから、つい顔を逸《そ》らしてしまった。

「せ、世界で一番、ですかね……」

「……っ!?」

キューンと、白亜の胸に刺さった。

甘やかしたがりの性癖に、頬《ほお》を赤らめながら恥ずかしそうに告げる年下の男というのはドストライクである。

白亜は縛った髪の毛先をくるくると指で弄び、明後日のほうを見ながら言う。

「ま、毎日でも作って差し上げてよろしいです、よ？」

「本当ですか？　嬉《うれ》しいけど、そこまで迷惑をかけるわけには……」

「そ、そんなことはないです。作ります」

「あっ。でもさすがにバイトの日にこうやって待ってもらうのは申し訳ないですよ。白亜姉さんも勉強とかあるのに。次はバイトが休みのときにお願いします」

「そ、そうですね。わかりました」

なんだかパタパタと食事を終えると、何やら頬をにやけさせながら言った。

「それでは和泉くん。また作りに来ますね」

「あ、はい。ありがとうございます。片付けはやっておきますから」

白亜は自室である隣の部屋に戻っていってしまった。

一人になった自室で、和泉はビーフシチューの鍋を見下ろして眉根を寄せる。

「でもこの量、さすがに張り切りすぎ……」

明らかに大家族用の大鍋を前に、和泉は「一週間くらいこれでイケるな……」と浮くであろう食費を皮算用するのであった。


和泉の家のドアの外。

白亜がニマニマしながら、赤い顔を押さえていた。

（やったあ～っ！　今日も大成功ね！）

いわば通い妻作戦。

元許嫁《いいなずけ》という立場を利用して、生活を掌握する気の長い戦術。それは功を奏して、和泉《いずみ》は完全に心を開いている。

年頃の男子高校生なのだ。こうして甲斐甲斐《かいがい》しくお世話をされて、嫌な気がするはずもない。実際、そうでもなければ合鍵を渡したりするわけがなかった。

(わたくしたちの間に、他の女の子たちが入る隙はないわ)

その始まりは、中学生に上がった頃。

周囲の人間は、自分をどうしても『世界的大企業のご令嬢』として見る。そんなフィルター越しに覗《のぞ》く世界は、つまらなく色褪《いろあ》せていた。

しかし和泉は違った。同じく大企業の子息としての軋轢《あつれき》に疲れていたのか。あるいは天性のものか。屈託なく笑う顔が、いまでも瞼《まぶた》の裏に焼き付いている。

確かに親の決めた許嫁ではあったが、自分の心は紛《まご》うことなき純愛であった。

跡取りでなくなってからは少しチャラい印象になったが、本当はあの頃のままの少年であるとわかっている。彼が無理をして道化を演じることで他人と距離を置いている事実を知るのは自分だけであった。

和泉の心は、きっと疲れているのだ。

今はそっと寄り添い、その心を癒《いや》す存在を求めているはず。そして、そんな存在になれるのは同じ苦しみを共有できる自分だけ。

今は自分も、実家のしがらみの中にいる。白亜《はくあ》にとって和泉と結ばれることは、絶対に失敗できない最上のミッションであった。

実家のすべてを手中に収め、和泉を迎えに行くその日まで——。

（いつかお父様の意思を覆して、絶対に和泉くんと添い遂げてみせる！）

固い決意を胸に、白亜はぐっと拳を握る。


【白菊《しらぎく》白亜】

片思い歴『五年以上』。

そんな白亜の置かれたシチュエーションを、ある種のエンタメタイトルになぞらえて表現するとこんな感じだろうか。

『氷の女神様は、俺にだけ甘みが過ぎる～実家から勘当されたのに、なぜか元・許嫁が放っておいてくれないんですが～』

Ⅳ／きけんちかづくな

翌日の昼休み。

退屈な授業をやり過ごし、ひと時の自由を満喫すべく生徒たちが席を立つ。

それは和泉《いずみ》も例外ではない。

この学校は弁当持参か、購買での購入になる。

和泉は弁当派……というか、いつもお隣さんに持たされる派だ。高校生ながらバイトをして生活している身の上、昼食代が浮くのは素直にありがたい。

その弁当の蓋を開けていると、ふとクラスメイトの女子が呼んだ。

「澄江《すみえ》くん。ちょっと来て！」

「え？　俺？」

席を立って向かうと、廊下で何やら不穏な気配を感じる。

（あ、この感じは……）

思った通り、その場では少し厄介なことが起こっている。

「……おまえら、何してんだ？」

クラスメイトの佐藤《さとう》が、可愛《かわい》らしい女子に泣かされていたのだ。

いや、比喩とかではない。先日、和泉に合コンを持ち掛けた佐藤が、めそめそ泣きながら何かを訴えている。

「い、和泉！　おまえの部活の後輩だろ⁉　なんとかしてくれよ⁉」

「ああ、やっぱりそんな感じか……」

彼の前には、とある下級生の女子生徒がいた。

【春日波留《かすがはる》】

下級生でありながら大人びた雰囲気を醸すのは、その端整な顔立ちがあってこそだろう。まあ簡単に言えば、どえらい美人なのである。

「おい、波留。うちのクラスの前で何やってんだ？」

「…………」

和泉が呼びかけると、波留が振り返った。そして佐藤を、まるで痴漢でも見るかのような軽蔑のまなざしで睨《にら》んだ。

「この男が、下品な顔で祈《いのり》に近づこうとしてたのでお引き取り願っただけです」

祈。

その名前は、波留の後ろにいる女子生徒のことであった。

フルネームは堂本《どうもと》祈。同じく一年生で、波留の親友である。穏やかそうな女子であり、こっちもまた凄《すさ》まじく可愛《かわい》らしい容姿をしている。

まだ新入生が入学して二週間足らずであるにもかかわらず、この二人のことは二年の間でも噂《うわさ》になることが多かった。何せ見てくれが抜群に飛び抜けている。天崎雨音《あまさきあまね》や白菊白亜《しらぎくはくあ》の二大恋愛強者《メインヒロイン》がよく取り沙汰されるこの学園だが、それに勝るとも劣らないのではと密《ひそ》かに噂されている。

そして誰が呼んだか、この二人には早くも妙なあだ名があった。

『天使ちゃんと、悪魔ちゃん』

簡単な話である。

天使のように可愛らしい堂本祈《どうもといのり》と、それを守るために噛《か》み付いてくる悪魔のような春日《かすが》波留《はる》を指す。

祈はその容姿と話しやすさも相まって、男子生徒から言い寄られることが多い。そういうとき、決まって波留が割って入ってくるのである。そしてけっこう酷《ひど》い罵倒を浴びせられて撃退される。すぐにその悪名は学園に広まってしまった。この状況も、おそらく合コンの失敗の傷を埋めようとした佐藤《さとう》が、うかつにも猛犬注意の看板を見過ごして天使ちゃんに話しかけてしまったものと思われる。

そして何の因果か、その二人と和泉《いずみ》は同じ部活に所属する間柄であった。

憐《あわ》れな佐藤が、和泉に縋《すが》りついてきた。

「なんとか言ってくれよ、和泉〜っ！」

「いや、不用意に声かけたおまえが悪いだろ……」

「だって春の季節なのに一人の部屋が広くて寂しかったんだよ〜っ！」

「そんな気軽な気持ちで手を出していい相手じゃないから。早く教室に戻れよ……」

佐藤を教室に押し込むと、和泉はハアッと大きなため息を漏らした。

そして今度は部活の後輩たちに声をかける。

「そんで、おまえらはここで何してるんだ？　一年は通らねえだろ」

すると祈のほうが、周囲を幸福にしてしまいそうなほどの満面のスマイルを見せて返事をする。

「せんぱいに、今日の部活のこと聞きにきたんですけど〜」

「あっ。そういえばまだ決めてなかったな。てか、それをわざわざ聞きにきたのか？」

スマホで聞けばいいだろうに……とは、さすがに空気を読んで口にしなかった。部活の用事とはいえ、自分に会いにきた後輩にそんなことを言うほど野暮《やぼ》ではなかった。

「放課後の予定はどうだ？」

「わたし、今日は予定があって〜」

「わかった。それじゃあ、今日は休みにするか」

「ありがとうございます〜」

ただ返事をしているだけなのに、やけに場が華やぐ少女であった。

「そうだ、祈《いのり》。この前、教えてもらった本だけどさ」

「あっ。せんぱい、読んでくれましたか～？」

「まだ読めてないけど、本屋で見つけたから買って……」

そんな感じで、いかにも同じ部活の先輩後輩らしい平和な会話を続けようとしたとき
……。

二人の間に、割り込むように立つ者がいた。

波留《はる》である。

和泉《いずみ》をじっと睨《にら》むと、静かな声音で威圧するかのように言う。

「センパイ。必要以上に、祈にデレデレしないでください」

「え？　いや、普通に話してただけ……」

「もう用事は済んだはずです。……祈、行くよ」

さっさと歩いていく波留を、慌てて祈が追いかける。

「ま、待ってよ波留～っ！」

と、その波留が、ふと振り返った。

そして侮蔑のまなざしで、舌打ちしながら吐き捨てる。

「――この色欲魔」

ガーン、と和泉に雷が落ちるかのようなショックが奔《はし》った。

がくりと膝をついて、その場に項垂《うなだ》れる。

「俺はただ、本を買ったって報告しただけなのに……っ！」

この騒ぎに教室から顔を出した雨音《あまね》が、妙な慈愛に満ちたまなざしで肩を叩《たた》いた。

「和泉っち、なんか大変だね……」

「……っすね」

他の生徒たちも、かける言葉が見当たらないという様子であった。

さすが悪魔ちゃん。

もはや些細《ささい》な購入報告すら逆鱗《げきりん》に触れる。触れるものみな傷つける有様に、その悪名はさらに高まることであろう。

……この時の波留の真意を知るものは、残念ながら誰もいなかった。

――数日後の放課後。

図書室の隣にある準備室である。

たった六畳しかない空間に、司書が使用する机や、本棚などが並んでいる。そのため、実質的には三畳ほどしか自由にはできない。そこに三つの椅子を並べて、黙々と読書に勤《いそ》しんでいる三人がいた。

和泉《いずみ》。波留《はる》。祈《いのり》。

文芸部。

いや、正しくは文芸同好会。部員が三名しかおらず、正式な部とは認められていない。そのために活動場所も極めて冷遇されていた。

部の活動……といっても、当然ながら本を読むこと。あまりにも身もふたもない感じではあるが、実際にそうなのだからしょうがない。

そもそもこの同好会は、今年、廃部になる予定であった。

去年、卒業した先代のメンバーと和泉の仲がよく、その人の頼みで人数合わせに在籍していた部である。それが和泉のようなチャラめの男が、あまりに似合わない文芸同好会に在籍している理由であった。

当然、和泉にとっては先輩たちが卒業してしまえば在籍する意味はない。読書自体は嫌いではないが、和泉は放課後にバイトをしているため、あまり部活動に時間をかけるつもりもなかった。少なくとも「先輩たちが守ってきた伝統を受け継ぐぞ！」みたいな熱血青春劇は予定していなかったのである。だって本読んでダベるだけだし。

しかし今年、新入生の中でとびきり目立っていた波留《はる》と祈《いのり》が入部してきてしまったのである。

和泉《いずみ》はスマホで時間を確認した。

(今日はバイトだから、あと三十分で学校出ないとな……)

同時に、二人の様子を窺《うかが》ってみた。

祈は真剣な様子で、ブックカバーのついた文庫を読み耽《ふけ》っている。

そして波留は……なぜか本を読まずに、ずーっとスマホゲームをしているだけであった。

すでに全部員の三分の一が、活動を拒否する状態である。部内崩壊の兆しはすぐそこに迫っていた。

(波留って本読まねえんだよなあ……)

じゃあ、なぜ文芸同好会に？

それは当然ながら、親友である祈のボディーガードであろう。その点に関しては、それほど深い疑問を抱いたことはなかった。

和泉は手元のミステリー小説に再び目を落とした。派手な見た目にはあまりに似合わないチョイスだが、それに関しては趣味だからしょうがないのである。

残りのページ数から見て、そろそろ佳境という様子である。主人公とヒロインの追及に、とうとう犯人が発覚しようという刹那――。

「犯人は妹ですよ」

衝撃の言葉が、準備室を駆け巡った。

和泉はとっさに、自分が読む本に目を落とした。登場人物に『妹』がいる。しかもけっこう怪しい立ち位置だ。殺された被害者の妹であり、現在は幸せな家庭を築いている。何より探偵に相談を持ち掛けたのは彼女自身である。しかし被害者の生前から、金銭に関わるトラブルがあったことが仄《ほの》めかされていた。

そして発言の主――自身の手元から目を離さずにいる波留を見た。平然とスマホゲームに興じている。

「ええ……っ!?」

和泉は慌てて文脈を追っていく。そこから怒涛《どとう》の新事実の発覚と、妹の被害者への異常な執着が見て取れて……。

そして最後のページを読み終えると、和泉は文庫本をパタンと閉じた。

「犯人、違うじゃねえかあ～～～～っ！」

和泉の雄叫《おたけ》びに、波留が鬱陶しそうに顔を上げた。

「当たり前でしょう。ミステリー小説の犯人をバラすようなルール違反はしませんよ。私はネトゲのチーターみたいな生き物が何より嫌いです」

「犯人じゃないってわかるのもそれはそれで嫌なんだよ！　ミステリー読んでるときに、場外から変な疑心暗鬼を植え付けんな！」

「……………」

波留《はる》はフッとほくそ笑んだ。

「部活動の時間に、後輩を放って読書に勤《いそ》しんでいるから悪いんですよ」

「ここ文芸同好会なんだけど⁉」

必死のツッコミにも、波留は鼻で笑うだけであった。

「……はあ」

それを見て、和泉《いずみ》は大きなため息をつく。波留の悪戯《いたずら》に振り回されるのはいつものことであった。

しかし今回は少し考えて――和泉はにやりと口角を上げる。

そしてその場で、波留のほうへとガガッと椅子を近づけた。

この準備室は狭い。

少し近づけば、触れるほどに接近する。正面から近づけば――それはまるで、小柄な波留を抱きしめるかのような体勢になってしまう。

「……っ!?」

その突然の行動に、さすがの波留が狼狽《うろた》えた。顔を赤く染めながら、慌てて両腕で顔をかばうようにする。

「な、何をするんですか!?　と、とうとう本性を表しましたね！」

「………………」

そんな波留の様子に、和泉は無感情なまなざしを向ける。

同時に顔を近づけ――。

「――波留。おまえ、いつも俺のこと目の敵にしてるよな？」

その言葉に、波留がどきりとした。

「祈《いのり》に近づくな、とか言うけどよ。もしかして、俺に構ってほしくてそういうことしてるんじゃねえのか？」

「～～～～～～～～～～～～～～～～～～～～～～っ！」

波留の顔が、さらに真っ赤に染まっていく。

そんな波留の様子に、和泉がにやりと笑った。そして顎に手を添えると、自身のほうへ唇を向けさせるようについと上に向ける。

「まったく、素直じゃねえな？」

「あ、あ……」

波留《はる》が、思わずぎゅっと目をつむった瞬間――。

「――と、いうことで」

「え……？」

突然、波留の身体《からだ》は解放された。

和泉《いずみ》は椅子を元の位置に戻しながら、両手を広げてヘラヘラと笑う。

「あのな、波留。前から言おうと思ってたんだけど、おまえの男子への態度は褒められたものじゃないぞ。世の中には変なやつも多いんだからな。逆上した上級生から、こうやって力ずくで襲われたらどうする？」

「………………」

波留が目を丸くして、口元をぴくぴくと引きつらせている。

対して和泉は、普段、ボロクソにされている相手に仕掛けたドッキリが成功してすごく満足そうであった。

「フハハハハ。まさか、本当に襲われると思ったか？　いやあ、波留も普通の女子なんだなあ。ま、これに懲りたら、これからはミステリーのネタバレはやめて……」

「……さい」

波留の漏らした言葉に、和泉が「ん？」と聞き返した。

その瞬間――和泉の顔面に、文庫本が投げつけられた！

「セクハラ野郎!!　一度、死んでください!!」

「ぶはあああ……っ!?」

和泉が椅子ごと転んでしまった隙に。

完熟トマトのような顔になった波留が肩を怒らせながら、準備室を飛び出していった。

「は、波留～っ！　待ってよ～っ！」

祈《いのり》も慌てて荷物をまとめると、和泉にぺこりと頭を下げて追いかけて行った。


……一人になった準備室。


和泉は起き上がると、その文庫本を拾い上げる。

（さ、さすがに茶化《ちゃか》しすぎた……）

てっきり途中で「は？　なに気取ってるんですか？」みたいな返しがくると思っていたのだ。それがまんまと引っ掛かってくれたので、大人気なくやりすぎてしまった。

いくら波留が大人びているとはいえ、やはりまだ入学したて。さすがにクラスメイトたちと同じノリを期待するのは無謀であった。

「明日、詫《わ》びにお菓子でも買ってくるか……んん？」

その投げつけられた文庫本を見返した。

「あれ？　これ、俺の本……じゃないよな？」

さっきまで自分が読んでいたミステリー小説である。

それがなぜか二冊、手元にあった。この準備室に、この文庫本はない。当然、自分が二冊持ち歩いているということもない。

となると、片方は波留《はる》が投げつけてきたものだが……。

（波留のやつ、もしかして本当に読んでたのか？）

となると波留、実はミステリー好き？

ではなぜ、わざわざミステリーの矜持《きょうじ》に反するようなことを？

その答えがわからずに、和泉《いずみ》は唸《うな》った。

「う〜ん……あいつがわからん……」

誰もいなくなった文芸同好会。

波留と出会ってから生まれた謎は、日々、さらに深まるばかりであった。

……そんな和泉を置いて、先に学園を後にした波留と祈《いのり》。

駅への道すがら、祈が大げさにため息をついてみせた。

「も～。波留もやりすぎだよ。ミステリーのネタバレなんて、絶対にしちゃいけないことじゃん」

しかし波留は、ツーンとそっぽを向くだけであった。

そのいかにも頑《かたく》なな態度に、祈が小悪魔チックな笑みを浮かべる。

「ほんとは、せんぱいが本に夢中で構ってほしかっただけのくせに～」

「……っ!?」

波留の顔が、再び真っ赤に染まった。

祈はニマニマしながら追撃する。

「せっかくせんぱいと話を合わせたくて、一週間かけて同じ本を読み切ったのにね～。あれじゃ本末転倒だよ～」

「だ、だってセンパイ、読むの遅すぎ。あれ読み切ったら帰ろうとしてたし」

「せんぱいはバイトあるんだからしょうがないよ～。また次の部活のときに話せばよかったじゃん」

「それじゃあ、別の持ってくる」

「なんでライブ感にこだわるかな～。後でもちゃんと話に乗ってくれるよ～」

祈《いのり》は親友の体たらくに、やれやれとため息をついた。

「せっかく運命の再会に恵まれたんだから、もっと素直になればいいのに～」

「………」

──入学前のことである。

まだ波留《はる》たちが中学三年生だった頃。

二人で街に遊びに出ていたとき、ちょっと厄介な男たちに絡まれてしまった。いつものように波留が強気な態度で断ろうとしたのが、相手の癇《かん》に障ったらしい。

少し恐《こわ》い目に遭いそうになった際、助けてくれたのが和泉《いずみ》であった。

毅然《きぜん》とした後ろ姿に、波留の胸は大きく高鳴ったのを覚えている。

そのときのことを思い出しながら、波留は再び顔を真っ赤にして両手で顔を覆ってしまった。

「だってセンパイ、祈のこと好きだし！」

「なんでそうなるの～!?」

「最初、祈に『可愛《かわい》い子猫ちゃん』って口説いてた！」

「せんぱい、そんなの誰にでも言ってるじゃん!?」

「私には言ってない！」

「それは波留が喧嘩腰《けんかごし》だからだよ～っ！」

ひどく頑《かたく》なな親友の様子に、祈はがっくりと肩を落とした。

【春日《かすが》波留】

片思い歴『半年未満』。

そんな波留の置かれたシチュエーションを、ある種のエンタメタイトルになぞらえて表現するとこんな感じだろうか。

『学園の天使ちゃん……の隣にいる悪魔ちゃんが、案外ちょろいことを俺だけが知っている』

Prologue／誰が勝つかわからないなマジで

【ヒロインレース】

それは命を賭して繰り広げられる過酷な生存競争。

【ヒロインレース】

それは血で血を洗う仁義なき正妻戦争。

【ヒロインレース】

それは勝者と敗者を明確に分け隔てる世界の縮図。


三名の恋愛強者《メインヒロイン》が集いしヒロインレース。

役者は揃《そろ》った。

三者三様。思い人を射止めるために、じりじりと距離を詰めていく。果たして勝利を掴《つか》むのは、いったい誰であろうか。

あるものは「早く告ってくれないかな～」と放課後の逢瀬《おうせ》を楽しみにして。

あるものは「卒業したらすぐに迎えに行くわ」と幸福な未来を思い描き。

あるものは「だって可愛《かわい》げないからフラれるし」とありもしない想像に怯《おび》えつつ。

全員、平等にラインの内側で、スタートの瞬間を今か今かと待ちわびる。

——その火蓋が、今、切って落とされる。


翌朝である。

和泉《いずみ》は一人、いつものように学園に登校した。

下足場で靴を脱ぎ、学園指定のシューズに履き替える。

穏やかな朝であった。今日も昨日までと同じように、平穏な日々が過ぎるのだろう。そんな爽やかな陽気である。

クラスメイトの佐藤《さとう》が、楽しげに声をかけてきた。

「和泉！」

「おう。おはよ」

彼も同じようにシューズに履き替えながら、なんや色めき立った様子で告げる。

「和泉、聞いた？　転校生の話」

「さあ？　俺は知らねえけど」

すると佐藤《さとう》、さもビッグニュースを仕入れてきたとばかりにコソコソと小声で告げてくる。

「弓道部の連中が言ってたんだけど、今日から二年に転校生が来るらしいぜ？」

「へえ。また微妙な時期だな」

何せ四月の真ん中である。

もう少し、遅いか早いかしたほうが、タイミング的にはよかっただろう。まあ、和泉《いずみ》にとってはどうでもいい話であった。

そんな微妙に熱の籠らないリアクションに不満だったのか、佐藤が畳みかけるように告げた。

「しかも可愛《かわい》い女の子！」

「あ、そういう……」

どうりで、張り切っているわけだ。

まだ合コンの傷は癒えないいんだなあ、と他人事《ひとごと》のように思いながら、和泉はお決まりの台詞《せりふ》を告げた。

「ま、その子が俺に出会わないことを祈ってるんだな。なんせ……」

「あー、ハイハイ。おまえはその子の前では口を閉じてたほうがいいかもな」

「ヒドくね？　せめて最後まで言わせてくんねえ？」

カラカラと笑い合っていると、ふと下足場に女子生徒が通りかかった。

ストレートボブの、大人しそうな女子である。

その存在感の薄さに、和泉たちはすぐに目を逸《そ》らした。

しかし思いがけず、その女子は和泉へと話しかけてくる。

「澄江《すみえ》和泉くん、だよね？」

「俺？」

名前を呼ばれたことに驚いた。

しまった。知り合いだったか。佐藤と話していたせいで、注意できていなかった。すぐに穏やかな微笑《ほほえ》みを見せると、和泉は挨拶を返す。

「あ、ごめんごめん。この万年発情期のせいで気がつかなかった」

「おま、和泉!?」

ネタにされた佐藤がわざとらしく怒ってみせたが、まあ本気ではない。彼も普段から和泉のことをいじって遊んでいる分、この手のやり取りはお互い様だ。

……と、しかし和泉は内心で首をかしげた。

やはりクラスメイトの女子ではない。となると委員会か何か……あるいは他に接点があっただろうか。

（あっ！）

閃《ひらめ》きは、すぐに訪れた。

和泉《いずみ》はその子に思い至ると、すぐに挨拶を交わす。

「きみか。おはよう」

「おはよう。覚えててくれたんだ？」

「まあな。てか、あのあと大丈夫だったか？」

「うん。おかげで助かっちゃった」

そんな会話をしていると、ふと合点のいくことがあった。

「そういえば、こいつと転校生が来るって話してたんだ。もしかして、きみのこと？」

「あ、うん。実はそうなんだよー」

「この前、迷ってたもんな。ちなみにどこのクラス？　もし場所がわかんなかったら案内するけど」

その女子生徒は、にこりと微笑《ほほえ》んだ。

「ううん。それは大丈夫。それよりも聞いてほしいことがあるんだ」

「俺に？　別にいいけど……」

ふと和泉は、嫌な予感を覚えた。

それは直感であった。幼い頃から大企業の子息として、それなりの教育を受けてきた身である。危機回避能力に関しては、なかなかのものであった。

が、——。

●●●

——時を同じくして。

天崎雨音《あまさきあまね》も、同じように下足場へと到着していた。

その足取りは軽い。他の生徒たちが「雨音。おはよう！」「今日もメイクかわいいね！」

なんて声をかけてくるのに、楽しそうに返事をしていた。

今日も完璧で完全なアイドルである。クラスメイトに「おはよー。一緒に教室行こ」と
声をかけられ、それに「いいよー」と笑顔で返した。

「雨音、聞いた？　今日から、二年に転校生来るらしいよ」

「そうなの？　うちのクラス？」

「どうだろ。弓道部の子が言ってるの聞いただけだから」

へえ、と聞き流しながら、雨音は前方へと視線を移した。その方向に、目当ての人物を
発見したのだ。

（あっ！　和泉っち！）

クラスの男子……と、見たことのない女子生徒と三人で話しているようである。何を話してるのかな~くらいのテンションで、その顔ぶれを見ていた。

すると同じように和泉《いずみ》に気づいたクラスメイトが、ニマニマしながら言った。

「雨音《あまね》。和泉に声かけなくていいの~?」

「ちょ、やめてよ~。そういうんじゃないから~……」

そんなお決まりのやり取りをしながらも、心中はすでに決まっていた。

もお~そんなに言うならしょうがないな~みたいなテンションを装いつつ、内心ではぴょんぴょん跳ねながら和泉に声をかける。

「和泉っち。おはよーっ!」

――それとほぼ同時に、白菊白亜《しらぎくはくあ》は下足場の前を通りかかった。

生徒会の仕事、朝の校内の見回りである。

本来、生徒会にそのような活動はない。しかし彼女は自発的に有志を募り、学園の風紀をチェックしている。

これが案外、馬鹿にできないもので、けっこうな遅刻の抑制にも繋《つな》がっていたりした。

まあ、あくまで白亜の人徳のなせる業なのだろうが。

副会長の女子が、尊敬のまなざしを送る。

「白菊先輩。今朝も問題はなさそうですね」

「そうね。みんなが頑張ってくれているおかげよ」

そんな見回りで、この時間は必ず下足場を通る。

なぜなら和泉が登校するからだ。あの男、毎朝、必ずこの時間に登校してくる。まるで体内に自動調節機能付の時計でも内蔵しているかのように時間に正確なのだ。

そして思惑通り、下足場に和泉の姿を発見する。

何やらクラスメイトらしき男女と、楽しげに会話をしていた。特別、そのことについては何も思っていなかった。

(いつもは会釈するだけだけど、今朝は声をかけてみようかしら！)

そんなことを思いつき、ゆっくりと近づいていく。普段は元許嫁《いいなずけ》の関係もあって、学園ではあまり会話をしないようにしているのだが。今日はたまたま、そんな気分になっただけである。

和泉がシューズに履き替えたタイミングを狙って、遠目に声をかけた。

「澄江《すみえ》くん。おはようございます」

——またもやタイミングを同じくして。

春日波留《かすがはる》は下足場に下りていた。

親友である祈《いのり》と共に、自販機へと向かう途中である。午前中のお茶を買い忘れて、それを確保しにいくのだ。

そして階段から下足場が見えたとき、祈が声を上げた。

「あっ。せんぱいだ」

確かに下足場に、和泉《いずみ》の姿を見つけた。クラスメイトらしき男女と、楽しそうに会話をしている。

「…………」

もはや和泉が誰かと楽しそうにしているだけで胸がもやっとする自分を意識しないように、波留は踵《きびす》を返した。

「……向こうの階段に戻る」

それを祈が引き留めた。

「も～っ！　朝の挨拶くらいしなよ～」

「イヤ。朝からあんな人の顔なんて見たくない」

「大丈夫だよ～。別に挨拶したくらいで、波留の気持ちには気づかれないって～」

「わ、私はセンパイのことなんて何とも思ってない……」

すると祈、少し悪戯《いたずら》っぽい笑みを浮かべた。

「ふ～ん？　じゃあ、わたしだけ挨拶しようかな～？」

「あ、ちょ……」

祈が先んじて階段を駆け下りようとする。

それを波留は、慌てて追いかけた。

（べ、別にセンパイのことなんて何とも……）

つい顔が熱くなるのは、親友が悪い男に近づこうとしているせいだ。

この胸が高鳴るのは、階段を駆け下りようとしているせいだ。

そんな色々な言い訳は、昨日の祈との会話を思い出して真っ白になった。

ただ何となく、あの和泉の屈託のない笑顔が自分以外に向くのが嫌で、つい声を上げていた。

「せ、センパイ。おはようございます！」

そして三名が、まったく同時に声をかけた瞬間——。

「澄江《すみえ》和泉《いずみ》くん、好きです。付き合ってください」

――シンッ、と空気が止まった。


和泉は下足場の前で、その女子生徒を見下ろしていた。

唐突に投げられた彼女の言葉が、いわゆる告白だと気づいたのは、それから数十秒も経《た》ってからのことだった。

ぽかんとした顔で見つめる和泉を、その女子生徒は楽しげに見つめ返している。まるでドッキリが成功したとでも言いたげだ。

周囲の生徒たち……特に佐藤《さとう》が目をひん剥《む》いてえらい顔になっているが。とにかくみんな、とんでもなく驚いた様子で二人を注視している。

平凡な日常を感じさせる朝の空気は、すでにどこかへと霧散していた。

そんな中、その女子生徒——。
七瀬七緒《ななせななお》は、にこりと微笑《ほほえ》んで和泉に繰り返した。

「和泉くん。好き♡」

そう。
その言葉により、ヒロインレースの火蓋が切って落とされ……。
切って落とされ……？
落と、され……？

ヒロインレースに勝つ条件。
それは——。
『ちゃんと好きって言えること』である。

説明しよう。

これは七瀬七緒《ななせなお》が、無双するだけの物語である。
ヒ、ロ、イ、ン、レ、ー、ス、は、ここに幕を閉じるのであった！

V／ちゃんと好きって言える子降臨

七瀬七緒《ななせななお》の話をしよう。


時間は少し遡る。ほんの一週間ほど前のことである。

彼女は両親の転勤を機に、地方から東京《とうきょう》へと引っ越してきた。

いわゆる転校生である。

そんな彼女は、夕暮れの校舎で割と途方に暮れていた。

（迷った……）

道に迷っていた。

初めて訪れた校舎は、それほど複雑な形状ではない。しかし初見で一人で放り出されたとなると、これがけっこう厄介だ。

渡された教科書やら何やらを抱えて、左右に延びた廊下を交互に見やった。とはいえ標識などあるはずもなく、まったく状況は変わらない。

そして腕が疲れてきたことに、わずかな危機感を覚えていた。

（こんなことなら、家に届けてもらうんだったな……）

というか、父親のせいなのだ。

一緒に挨拶に来て、教科書類を車で持って帰るから、ということだった。

それが急な仕事が入ったせいで、こうやって一人で訪れたのだ。わざわざ学校側で準備してくれたのに、家に届け直してもらうのもなあ、と迷っていたせいで、こうして一人で持ち帰る羽目になった。

そんな七緒が、まっすぐ帰らずに校舎をうろついているのには理由があった。

いや別に「おとめ座のアナタ！　今日は些細《ささい》なきっかけで運命の相手と出会っちゃうかも！　新しく訪れた場所では長居して粘って根性を見せて異性を探してみてね♪」という朝の占いを信じてブラついているわけではないのだ。

七緒は眉間に可愛《かわい》らしい皺《しわ》を寄せて、うーんと唸《うな》った。

（弓道場、見たいと思ったんだけど……）

要は部活の下見をして帰ろうと思ったのである。

この学園、東京では中の中……極めて平凡だ。しかし弓道場だけは、やけに立派な設備が備わっているのだという。転校先にこだわりがなかった七緒は、それを目当てにこの学園を選んだのだ。

とはいえ、道がわからないのでは話にならない。

（しょうがない。帰ろう……あっ）

盲点であった。

そもそも弓道場への道がわからないのだから、帰り道もわからない。下足場に置いてきた靴もなしに外へ出るなど絶対にノーであった。

七緒《なお》は思いがけず好奇心に殺されそうであった。これでは猫ではないか。ちょっと弓道場が見たかっただけなのに……。

と、そこに足音が聞こえた。

なんとなしに振り返ると、一人の男子生徒がこちらへと近づいていた。

当然、この学園の制服を着ている。何年生だろう。あ、そうだ。あの人に道を聞こう
……と七緒が思ったのも束《つか》の間《ま》。

その男が、微笑《ほほえ》みながら七緒の抱えた教科書類を手に取った。

「初めまして、可愛《かわい》らしい子猫ちゃん」

衝撃的な口説き文句であった。

このご時世、なかなか耳にしない台詞《せりふ》に、七緒は唖然《あぜん》とした。

(……都会って怖かぁー)

地元で見送ってくれた友人たちの顔が、走馬灯のように駆け巡る。

彼女たちは心配そうに「都会に気を付けてね」「男は狼《おおかみ》だから」「知らない人について行ったらダメだよ」と口々に注意してきたものだ。あのときは何を言ってるんだろう……という気持ちだったのに、これは確かに凄《すさ》まじい。さすが都会。都会ってすごい。

思ったより数段やべえのきたな、とか思っていると、その男子の様子がおかしいことに気づいた。

なぜか顔を真っ赤にして、ものすごく気まずそうにしている。

「えっと……なんか言ってもらわないと困るんだけど」

「あ、ごめんなさい」

何がごめんなさいなのかまったくわからなかったが、謝ってあげなければいけないような気がした。慈愛の精神である。

（恥ずかしいなら言わなきゃいいのに……）

とりあえず気になるのは……。

「その子猫ちゃんっていうのは趣味……なの？」

「追撃するのやめて!?」

もはや憐《あわ》れみを感じるほどであった。

となると、七緒の心が少し冷静になる。

（とりあえず怖い人ではなさそう……）

ただ顔がいいだけの一般人という認識に変わった。グレードアップなのかグレードダウンなのかは、七緒《なお》自身にもわからない。

と、自分の腕がやけに軽いのに気づいた。

(あ、教科書……)

いつの間にか、自分が抱えていた教科書が彼の腕にあった。

そういえば、さりげなく引き取られたのだ。「子猫ちゃん」のせいで、完全に遠慮するタイミングを逃していた。

「それ……」

「うん。これ、どこに運ぶの？」

七緒が指摘すると、彼は平然と聞いてきた。

どうやら、持ってくれるらしい。ありがたいのと、申し訳ないのが半分ずつであった。

「お、重くない？」

七緒が聞くと、彼は笑いながら言った。

「重いねえ。こんなの可愛《かわい》い女の子に持たせたのは誰？」

また歯の浮くようなことを言うなあ、と七緒は少し呆《あき》れた。

「それ、わたしの教科書なの。今日、家に持って帰るんだけど……」

「ええ？　どうやって運ぶの？」

「お父さんが運んでくれるはずだったんだけど、仕事で来られなくなって……」

「あ、なるほど」

男子生徒は器用に教科書類を片手に持ち直して、ポケットからスマホを取り出した。そしてすぐ電話に出た相手と、軽快に話を進める。

「ゴトさーん。さっき女の子が、教科書持って帰らなかった？　……うん。なんか一緒に来るはずのお父さんが来られなくなったって困ってたよ。……了解っすー。はーい」

そして通話を切ると、教科書の山を示した。

「これ、職員室に持っていくね。後で自宅に送ってくれるらしいから」

「え？　今の相手は？」

「うちの進路指導の先生。後藤《ごとう》先生だから、ゴトさん」

どうやら自分が言い出せなかったことを、代わりに教師に報告してくれたらしい。教師相手にやけにフランクな話し方だったので、すぐにはわからなかった。

……いや、それよりも驚くほど手際がいいのに七緒は驚いた。もちろん転校前の高校でも男子と接する機会はあったが、これほどスマートに物事を進める人はいなかった。チャラついた外見なのに、デキる会社員のような手際であった。

先ほどの「子猫ちゃん」が、教科書を断られずに引き取るための芝居だとしたら？

そんな素っ頓きょうな予想がちらと脳裏を過《よぎ》ったが……いや、さすがにそれは考えすぎであろうか。

七緒《なな お》が困惑していると、その男子は廊下の向こうを指さした。

「下足場、あっちね」

「え？」

「帰るんだろ？　この教科書は、俺がゴトさんに渡しとくから」

「でも……」

七緒が躊躇《ためら》いを見せると、その男子生徒は笑った。

「ちゃんと届けるから安心して。こんな教科書盗んでも、何の得もない。てか俺、勉強マジで嫌いだし」

「あ、あはは……」

どこまで本気かわからないが……しかし何となく、この厚意を断るのは憚《はばか》られた。なんとなく、この男子生徒にはそう思わせる雰囲気があった。

じゃあ、と任せて帰ろうとしたとき……。

ふと窓から差し込んだ夕陽《ゆう ひ》に、何かが煌《きら》めいた。

それはスマホのストラップであった。

先ほどは陰になっていて気づかなかったが、何やらゆるい感じのキャラクターがぶら下がっていたのだ。

ちょっと古びていて、年季が入っているのが一目でわかる。

（あれ……？）

問題は、それに見覚えがあることだ。

七緒は慌てて、自身の鞄《かばん》のポケットに手を入れる。しかし目当てのものはなかなか見つからない。あれ、どこにやったっけ。まさか持ってきてない？　そんな小さな焦りを感じている間にも、男子生徒はスタスタと遠ざかろうとしていた。

「あ、あの……」

「ん？　どうしたの？」

男子生徒が振り返った瞬間、七緒はようやく見つけた自身のスマホを掲げた。そのスマホには、とある古びたストラップがついていた。

何やらゆるい感じの、オリジナルキャラクターのストラップ。

それは男子生徒がスマホに取り付けているものと同じシリーズである。こちらも年季が入っていたが、綺麗《きれい》に手入れがされているのがわかった。

そのストラップを見た男子生徒は、慌てて教科書を持ち直した。

「わっ」

そして一瞬だけ目を見開くと……。

「骨董品《こっとうひん》だあ」

「ええ……」

七緒《なな お》は、その言葉にがっくりした。

すると男子生徒は、慌てて言い直した。

「ごめん、ごめん。つい気恥ずかしくて……」

「？」

気恥ずかしい、とはどういうことであろうか。

七緒は不思議に思ったが、男子生徒が話を続けたので聞きそびれた。

「それ、何年か前に発売されたゆるキャラのやつでしょ？」

「うん。百貨店で気に入って、お父さんに買ってもらったの」

「俺も持ってるよ。まあ、俺のやつは非売品だけど」

「え？　そうなの？」

男子生徒がスマホを手に渡してきた。

よく見れば、そうだった。キャラクターは自分が知っているものだが、ポーズがちょっと違うように思った。

「へえ。すごい……」

「いやいや。すごいのはきみでしょ。それ未《いま》だに持ってる人、天然記念物だよ」

「自分のこと棚に上げてる……」

「俺はいいんだよ」

「何それ」

そのスマホを返しながら、七緒は微笑《ほほえ》んだ。

「なんか、すごく好きで、ずっと持ってる」

「………」

七緒にとっては、思いがけず同好の士に出会った、というくらいの気持ちであった。

はっきりと言えば、このオリジナルキャラクターは世間的には全然ウケずに、すぐに販売が終了してしまった。地元の友だちも「なんでそんなの持ってるの？」みたいなリアクションである。

でもなんか好きで、ストラップを替えられなかったのだ。

たったそれだけのこと。

特別、強烈な思い出があるわけでもない。

だから、趣味が同じ人がいてちょっと嬉《うれ》しいな、くらいの気持ち。

なのに……。

「ありがとう」

その男子生徒は、なぜだかそう言った。

何がありがとうなのか。自分は何かお礼を言われるようなことをしたのだろうか。考えても、よくわからなかった。

でも、その男子は、自分に対して照れたような笑みを浮かべていた。

「すげえ嬉《うれ》しい」

たったそれだけの言葉であった。

理由もわからないし、そんなことを言われる義理もない。

でもなぜか、その笑顔が強く瞼《まぶた》の裏に焼き付いた。

ムードたっぷりに廊下を染める夕陽《ゆうひ》のせいかもしれない。

教科書を持ってくれた、という心理が補整をかけていたのかもしれない。

あるいは東京《とうきょう》に転校してきた途端、男子にナンパされるという物語めいたシチュエーシヨンのせいかもしれない。
それはともかく、事実として七緒《ななお》の胸は大きく高鳴った。
繰り返す。
これは七瀬《ななせ》七緒の物語である。
取るに足らない、ささやかな恋の物語である。

Ⅵ／ＶＳ学園のアイドル様

――放課後である。

和泉《いずみ》は教室で項垂《うなだ》れていた。

その前にいるのは、雨音《あまね》である。二人の前には教科書が広げられていた。いわゆるいつものお勉強会の陣である。

そして普段のように教科書を広げているわけだが……今日はどうも様子が違った。

教室に誰もいなくなっても、和泉が一向に起き上がらない。

蠢《うごめ》く亡者の如《ごと》く、うおおおっと一人で呻《うめ》いている。

「どうしてこうなった……」

今朝の珍事である。

突然の転校生からの愛の告白騒動によって、和泉の周囲はにわかに騒がしかった。特に佐藤《さとう》がよくない。超至近距離であの告白爆弾を目撃したスピーカー男は、瞬く間にこの件を吹聴《ふいちょう》して回っていた。そういうところがモテない原因なのだが、そのことを指摘する生徒はいない。みんな優しいね。

結果、今朝から、ず～っと同級生たちにいじられっぱなしであった。そして疲労困憊《ひろうこんぱい》となった和泉は、こうして放課後の勉強会へと至る。

ようやく静かなところで気力を回復し、和泉は身体《からだ》を起こした。

「はあ。みんな騒ぎすぎだろ。ただの告白だけで、よくここまで盛り上がれるよな」

と、雨音に同意を求めた。

しかし返ってきたのは、極めて色濃い侮蔑のまなざしであった。

「ふ～ん？　へ～？　さっすがモテる男は、このくらい慣れてますよって感じ～？」

「あれ？　なんか雨音、機嫌悪い？」

「べっつに～～～～～～～～～～～～～～～～～～～～～～～～～～？？？？」

「なんかごめんな!?　俺が悪かったから、その目が笑ってないのやめて!?」

和泉は目の前の女子が、味方ではないと悟った。

雨音がツーンとしながら、指で髪の毛先をくるくる弄んで机の下で足を蹴ってきた。めっちゃ痛い。

「和泉っち。なんか迷惑アピってるけどさ、まんざらでもないんじゃないの～？」

「いや、おまえまで他の連中みたいなこと言うなよ」

「でも告白されたとき、めっちゃ挙動不審だったって佐藤くん言ってたし～？」

今回ばかりは、和泉《いずみ》は割と本気で佐藤《さとう》の蛮行を恨んだ。

「あいつの言葉を鵜呑《うの》みにするなよ。あいつが尾ひれを付けて噂《うわさ》を流すから、もはや原型を留《とど》めてねえじゃねえか」

「じゃあ、和泉っちが小学生の頃に侍《はべ》らせてた百人の女の一人が、こうして転校してきたっていうのは？」

「そういうの！　あからさまに嘘《うそ》じゃねえか！　小学生でどんだけ女遊びに耽《ふけ》ってんだよ⁉　俺、まさかそんな風に見えてるの⁉」

「普段から『女がみんな惚《ほ》れちまうだろ？』とか言ってるからじゃん？」

「何も言えねええええっ⁉」

和泉は悶《もだ》えた。

「あ、あのな。あの子とは、マジで一度校内を案内してやっただけ。むしろ何であれくらいで告ってくるのか謎すぎるくらいなんだよ」

「ほんとに～？　和泉っちのことだから、出会い頭に『可愛《かわい》い子猫ちゃん♪』とか口説いたんじゃないの～？」

「………………」

「おい。返事しろ。顔を逸《そ》らすな」

痛恨の一撃である。

　まさか見ていたのでは……と思うほどに大正解であった。

（え？　まさかアレで？　マジで？）

　和泉がダラダラと冷や汗を流していると、その様子を見ていた雨音《あまね》が髪の毛先をくるくる弄びながら言った。

「ま、別に和泉っちが誰と付き合おうと関係ないし～？」

「なんだよ。やけにチクチクしてくるじゃん」

「だから関係ないって。可愛い転校生とお幸せにどうぞ～」

　頑《かたく》なな態度に、和泉はため息をついた。

「あのなあ。いくら可愛いっていっても、告られたから『じゃあ付き合いましょう』とはならんだろ」

「えっ⁉　なんで⁉」

「うお。いきなり身を乗り出してくるのやめろよ。ビビるだろ……」

　和泉は再度ため息をついた。

「男女の交際っていうのは、ちゃんとお互いを知って、気持ちが通じ合った相手と始めるべきだろ？」

「ええ。和泉っち……昭和生まれ？」

「ドン引きするなよ⁉　せめて平成で止めといて⁉」

「いやだって、普段からあんなチャラいこと言ってるくせに……？」

「あんなのジョークだろうが！　ああもう、さっさと勉強するぞ」

和泉《いずみ》は鞄《かばん》から、雨音《あまね》との勉強会用の参考書を取り出した。

そんな様子を見つめながら……雨音の胸には、一つの希望が芽生えていた。

（……もしかして、これってアピられてる？）

そうなのである。

今朝、告白してきた謎の美少女転校生。

カノジョがいないはずの和泉が、しかし頑《かたく》なに関係を否定する理由。

導き出される答えは――……。


――これを機に、雨音への好意をアピールしているのでは⁉

雨音の頭上に、ラッパを吹く天使たちが舞い降りるようであった。途端にデレデレ顔になって、ふにゃふにゃと夢見心地で言った。

「そっか～。ま、和泉っちは、そういうやつだよね～。もちろん知ってたよ、雨音は知ってたからさ～」

「え？　何なの？　さっき俺の足、蹴ったくせにどうしたの？」

「ごめんって～。今度、美味《おい》しいクレープ奢《おご》ったげるから許して♪」

「ま、まあ、そこまで気にしてないけど……」

一転して機嫌がよくなった雨音に、和泉は訝《いぶか》しみながらノートを広げる。

「とにかく雨音。今日もバイトあるから、さっさと勉強を……」

……と、教科書を手に取ったとき。


「和泉くん、何してるの？」


突然、背後から聞こえた女子の声に、ドキッとして振り返る。

噂《うわさ》の相手、七瀬七緒《ななせななお》であった。

彼女は和泉の両肩に手を置いて、机を覗《のぞ》き込むようにしている。その顔を至近距離で見上げながら、和泉は口元を引きつらせた。

「よ、よう。どうしたんだ？」

「職員室に呼ばれてたんだけど、和泉くんが残ってるのが見えたから」

「あ、なるほど。でも隣のクラスだし、あんまり気軽に入るなよ」

「そっか。そうだね」

七緒《ななお》はにこりと微笑《ほほえ》んだ。

「和泉《いずみ》くん、入っていい？」

「……も、もちろん」

そして向かい側。

もう一人の『うちのクラスの人間』が、ぶーたれながら言った。

「雨音《あまね》もいるんだけど〜？」

面倒くさい絡み方であった。

それに対して、七緒は特に気分を害した様子もなく微笑んだ。

「あ、ごめんね。えっと……」

そうして改めて雨音に目を向け……七緒は驚いたように目を丸くした。

「わっ。もしかして、あの雨音ちゃん？」

「え？」

まだ自己紹介はしておらず、雨音がぽかんとする。

すると七緒は嬉《うれ》しそうにその手を握った。

「モデルの雨音ちゃんだよね？」

「そ、そうだけど……」

やや圧倒されながらも肯定すると、七緒がニコニコしながら畳みかける。

「わたしの地元でも、すごく人気あるんだよ～。本物、すごく可愛《かわい》いな～♪」

「………………」

それに対して雨音。

しばらく沈黙していたかと思うと――おもむろにドヤ顔で髪をかき上げた。

「まあね！」


お手本のような手のひらクルーッであった！

なんとチョロい女であろうか。先ほどまでの恋敵に対する警戒心は消《き》え失《う》せ、完全に
「褒めてくれる～いい子～♪」みたいな感じになってしまっていた。

そして完全に滞在許可の雰囲気になった七緒は、改めて机の上を見た。

「二人とも、残って何してるの？」

「ああ、これは……」

と普通に返事をしようとして、和泉はハッと思い留《とど》まる。

「……ちょっと俺の勉強、見てもらってるんだよ」

そうなのである。

実際はともかく、対外的には『雨音《あまね》に教わっている』という体なのであった。もちろん新参者の七緒《なお》に対しても同様である。

七緒はそれを素直に信じた様子であった。

「雨音ちゃん、勉強もできるんだねー。すごいなー」

その素直な賛辞に対して、雨音……。

「まあね！」

鼻高々であった。

なお隣で和泉《いずみ》がじとーっとした目で見ていることには気づいていない。

「ま、まあ、そういうわけだから。七緒、また明日な」

……と、和泉がやんわりと七緒を遠ざけようとした。

それもそうである。なぜならこれは、和泉が雨音に教える勉強会なのだ。雨音のイメージを損ないかねない以上、あまり七緒の存在は歓迎できるものではない。

が。

「あ、そうだ。わたしも勉強会、参加していい？」

「「……っ!?」」

まさかの切り返しであった。

しかし二人の動揺には気づかず、七緒はニコニコしながら続ける。

「こっちの授業、前の学校より少し早いんだよ。もし迷惑じゃなければ、わたしも教えてほしいな？」

「迷惑ってわけじゃ……」

和泉は「どうしたもんか……」と考えた。

ここで下手に断るのも変だし、特別に雨音の勉強を優先する理由もない。今回は雨音に教わっているふりをしながら、バイトまで時間をつぶすか。

その方向にシフトしようとしたとき……。

「や、やめたほうがいいよ！」

「え？　雨音、どうした？」

「いや、和泉っちこそどうしたの⁉　ほんとにいいと思ってるの⁉」

「むしろよくないと思ってんの……？」

思いのほか雨音が強く否定してきて、和泉が困惑した。

（こいつ、そんなに勉強できないこと知られたくないのか……？）

微妙に的外れのことを考えながら対応策を考えていると、七緒のほうは順当に訝《いぶか》しんでいる様子である。

「ごめんね。もしかして、わたしがいると都合悪い？」

「え、えーっと……」

改めて言われた雨音《あまね》。

当然、和泉《いずみ》との二人の時間を邪魔されたくないだけなのだ。しかし脊髄反射でダメだと言った手前、理由など考えてるはずもない。

とっさに色々な言い訳が脳裏を駆け巡り……視線を逸《そ》らしながら苦し紛《まぎ》れに言った。

「や、やらしー勉強会かもしれないし？」

「違うよ⁉ 雨音、とんでもない風評被害やめてくんない⁉」

テンパりすぎであった。雨音が余計なことを口走ったせいで、一気に『次のテストで満点取れたら何でもしてア・ゲ・ル♪』みたいなイメージが充満してしまう。

しかし効果は抜群であった。

七緒《ななお》はごくりと喉を鳴らしながら確認してくる。

「い、和泉くん。そうなの……？」

「ほら信じちゃったじゃん！　七緒、これジョークだから真に受けないで！」

七緒が「あ、そうなんだ……」とホッとしたように言った。

「なるほど。これが都会の洗礼なんだねえ」

「絶対に違うから、マジで他の人には言わないでね」

とんだ針の筵《むしろ》であった。

和泉はコソコソと雨音に耳打ちする。

（雨音。おまえ、何言ってんの⁉）

（だ、だって勉強会が……）

（断る理由もないだろ。あと三十分で俺もバイト行かなきゃいけないし、今日はこのまま雨音が教えるふりして……）

（で、でも～……）

そこで雨音がハッとした。


――これは、逆にチャンスなのでは？


まさに天啓である。

先ほど和泉は、七緒との交際を頑《かたく》なに否定してきた。それは雨音のことが好きなのだと遠回しにアピールしているのだと判明したが（※誤解です）、あれはもしや、こういった事態への救難信号だったのではないか（※誤解です）。

雨音にしては珍しくナイスな閃《ひらめ》きであった。

雨音のことが好きなのだという前提条件が誤解という点を除けば、極めてナイスな閃きである。ノーベル何とか賞とか取れちゃいそうな勢いである。

そしてその誤解は、雨音に一握りの勇気と間違った正義感を植え付けた！

「あ、あのさ！」

思ったより雨音《あまね》の声が大きくなり、和泉《いずみ》が驚いてしまった。

「え？　雨音、どうした？」

不思議そうにする和泉に、雨音はバチコーンとウインクして見せた。「おまえの言いたいこと全部わかってるぜ？」ってやつである。

そして堂々とした態度で、七緒《なお》へと言い放った。

「和泉っちにアピってるのはわかるけど――ちゃんと相手の気持ち、確かめた？」

「――――」

まさかのド正論であった。

こんなにも間違った前提条件を鵜呑《うの》みにしているくせに、言ってることは案外、的を射ていた。

「和泉っちにも、好きな子とかいるかもしれないじゃん？」

「そ、それは……」

さすがの七緒の表情にも、少しだけ動揺が走る。

自身の勝利を確信した雨音は、和泉へと向いて少し恥ずかしそうに言う。

「い、和泉っちも悪いと思うよ？　あんまり期待を持たせちゃ可哀《かわい》そうじゃん」

「……確かに雨音の言うとおりだな」

雨音の言葉に、和泉は深い共感を覚えた。

確かに可能性のない告白を引き延ばしにするのはよくない。それではまるでキープしているようではないか。

そうやって相手の純情を弄ぶのは、和泉もよくないと思う。

そんな和泉の様子に、雨音が少し目を見開いた。なぜか頰《ほお》を染めて、落ち着かなげに髪をくるくる弄ぶ。

「じゃあ、はっきり言っちゃおうよ？」

「ああ」

「雨音の前だから、ちょっと恥ずかしいかもしれないけどさ」

「ああ……ん？　なんで？」

後半の意味はよくわからなかったが、和泉はうなずいた。

まあ、クラスメイトの前で好きな異性を暴露するのは恥ずかしいということだろう。そういうのは修学旅行の夜とかじゃないと許されないことなのだ。そう納得した。

そして顎に指を添え、ものすごく真剣な顔で告げる。

「でも好きな子はいないし、嘘《うそ》はよくないよな」

「なんでじゃあ————っ!?」

雨音の突然のシャウトに、和泉だけではなく七緒までビクーッとなる。

「え？　なんでって……？」

「ちょっ、和泉《いずみ》っち、本気……なッ、……………〜〜〜〜〜〜〜〜〜〜〜〜っ!!」

頭の上に『？？？？？？』を浮かべる和泉を、雨音《あまね》が顔を真っ赤にして睨《にら》みつけた。そしてガシッと両肩を掴《つか》むと、至近距離で叫んだ。

「い、和泉っち！」

「何だよ!?」

「ほ、本気!?　本気でそう言ってる!?」

「ああ。本気だけど……」

ガチのガチであった。

今日の朝ごはん、ちゃんと食べた？　うん、食べたけど……くらい素朴な返答である。

そもそもそんな見栄《みえ》を張る意味あるのって意思が、まざまざと見て取れる。

そのことを察すると――雨音はその場で悶《もだ》えまくった。

（和泉っち！　雨音のこと、好きじゃなかったの〜っ!?）

好きじゃなかったのである。

好きは好きでも、完全にクラスメイトとしての好きであった。ラブとライクの間には、絶対に越えられない壁が存在する。

（あんなに一生懸命、雨音のノート作ってくれたのに!?）

作っていただけである。

学校指定の教科書は雨音に合っていなかったので、和泉オリジナルの時短教材を作るしかなかったのである。もっと言えば和泉はあの手の作業が好きなので、あんまり苦ではなかった。

（ほんとに異性としての好意など微塵《みじん》もなく!?）

微塵もないのである。

恋愛感情に関しては、缶のコーンスープを飲み干した後に残るどうしても取れない粒々ほども存在しなかった。そもそも和泉は普段から道化を演じて予防線を張っているため、勉強を見ただけで好意を持たれるというのは予想外すぎたのである。

（雨音が弱いとこ見せるの和泉っちだけだって言ったとき、わかってるって言ったじゃんか〜っ！）

無論、わかっていただけである。

完璧であることを求められる女子が、唯一、弱い部分を曝《さら》け出せる存在。その事実を突きつけられた結果、和泉の脳裏を過《よぎ》った感情は「秘密を守れる男だと信用されているのか」という充足感に他ならない。

（あ〜も〜っ！　ひとり相撲かよ〜っ！）

じたばたと悶える雨音の様子は、滑稽の一言に尽きた。

こうなると記憶が走馬灯のように駆け巡る。あれも、これも、それも。すべて和泉《いずみ》の自身への好意だと思っていた行動が、ただの推し活というだけであった。むしろ答えが出てしまえば、そっちのほうがしっくりくるから救えない。

バベルの塔の如《ごと》く、積み上げられた黒歴史。

雷は落とされ、残ったのは無残なプライドの残骸。

（がっこう、やめよっかな……）

その不気味な様子に、和泉は困っていた。

そんなことをやっている間に、七緒《なお》がノートを広げている。

「あ、ここの公式なんだけどね－」

「すでに隣の机持ってきて陣取ってる⁉」

「和泉くん、飴《あめ》あるよ？　食べる？」

「馴染《なじ》み方が半端じゃねえな⁉」

ミルク味の飴を口に入れながら、和泉は勉強してるふりをすることにした。

（とにかく、うまいこと雨音《あまね》のカバーをして……）

その雨音は、自分が教える流れになってしまったことで完全に顔を真っ青にしている。

これは質問されたところで、答えられそうにない。

七緒が教科書を指さした。

「ねえ、和泉《いずみ》くん。ここの問題なんだけど……」

「あ、そこか。まあ確かによく間違うところだよな。えーっと、ここはこうして解けば簡単になると思うんだけど」

「わ、ほんとだー。和泉くん、すごいね」

キラキラとしたまなざしを受けて、和泉は慌てて雨音《あまね》に目を向けた。

「だよな、雨音!?」

「あ、うん！　そ、そうだね！　さすが和泉っち！　ちゃんとフクシューしてて偉い！」

ハリボテのコンビネーションに、七緒《ななお》が不審を覚える様子はなかった。

ひとまずホッとしながら、勉強するふりを続ける。

「雨音ちゃん。こっちの問題だけど……」

「えっ!?　あ、えーっと……」

当然のように慌てふためく雨音である。

さすがに見ていられずに、和泉が助け舟を出した。

「そこもこの前、雨音に教わったよな。そこは、こっちの公式を使うんだろ？」

「あ、そうそう！　さすが和泉っち！　よくフクシューしてる！」

むしろ「なんでおまえは覚えてねえんだよ」とツッコみたくなる気持ちを、和泉はぐっと抑えた。まさか自分に対してキャーッてなってたせいで復習が疎《おろそ》かになっていたとは思うまい。

そして和泉は、ちらと隣の美少女転校生を見た。

（しかし七緒のやつ、全然、人見知りとかしねえなあ……）

雨音とは初対面のはずだが、まったく臆する気配がない。さすがに今朝、公衆の面前で告白をかました女なだけはある。

勉強会も真面目に取り組んでいるようだし……。

（あれ？）

ふと、そこで和泉は気づいた。

先ほどから七緒がわからないという問題に違和感があった。ものすごく整理されているというか……表面的な部分だけを掬《すく》い取るかのような間違い方をしているのだ。

学校で習う数学というのは連鎖反応であり、歴史を学ぶような感覚に近い。

一年の春に習ったことが、一年の夏に習う分野での解答の土台となる。それが一年の秋から一年の冬へ……と繋《つな》がって、二年生の分野への土台となる。

数学がわからないという学生は、だいたいその土台の構築に失敗しているケースが多いのだ。なので数学を教えるときは、その問題の土台となる部分を振り返ってみるのがよかったりする。

しかし七緒がわからないという問題の数々……よくよく見れば、矛盾の塊である。「いやそれわからんなら、そっちの問題がわかるのおかしいやん」というのが頻発しているのである。

(もしかして七緒《なお》、この問題わかってる……?)

ただし雨音《あまね》は、それには気づけない。だって自分がわかっていないのだから。しかし和泉《いずみ》には気づける。

これにより和泉が導き出した仮説は――。

(七緒のやつ、わからないふりしてるだけだ……っ!)

その予感が胸に芽生えたとき、ふと七緒と目が合った。

――にこ、と微笑《ほほえ》んだ。

「……っ!?」

その表情で確信した。

数学がわからないと七緒が言ったのは大嘘《おおうそ》だ。むしろ完璧に理解できている。だからこそ適当に答えやすそうなところだけをピックアップして質問しているのであった。

(完全に茶番じゃねえか!　この状況、どうすんだよ!?)

まさかの『本当は勉強わかっているのにわからないふりをする二人が、本当にわからない雨音から勉強を教わる』という謎の構図が出来上がっていた。それに気づいたとき、和泉の胃に穴が開きそうであった。

スマホで時間を確認すれば、和泉が学校を出なくてはいけないタイミングまであと十分程度。

もはや何を守るために戦っているのかは謎となってきているが、それでもこの防衛戦は佳境を迎えていた。いや、本当に何を守るために戦っているんだろうな……。

（あ、そうだ。さっさと俺が切り上げれば済む話じゃねえか）

ようやくそのことに気づいた。

和泉が「じゃ、バイトの時間だから」と言って立ち上がれば、この勉強会はお開きになる可能性が高い。というか、そっちの方向に持っていけばいいのだ。

（しくじったな。なんか七緒って、するっと懐に入ってくるの上手《うま》いんだよなあ）

今朝の告白のときも、そんな感じであった。

いつの間にか隣にいて、すごく自然に会話に入り込んでくる。そして気づいたときには爆弾を投下されているような感覚であった。

（……うーん。どう切り出すべきか）

そんなことを考えていたせいで、また気づくのに遅れていた。

「あ、和泉くん。そこの公式、書き間違えてるよ？」

「え？　マジで？」

七緒から指摘されて、慌ててノートに目を落とした。

しかし、どこも書き間違いなど見当たらない。おかしい。もしかして本気で間違えているのだろうか。

そんなことを考えていると、ふと七緒《ななお》が手を伸ばした。

「こっちだよ？」

「え？」

和泉《いずみ》のシャーペンを持つ右手に、ふいに七緒の右手が重ねられる。

「……っ!?!?!?」

突然の接触に、和泉がドキリとして顔を強張《こわば》らせた。

それにも構わず、七緒はしれっとした顔でノートに目を落としている。

「あれ？　どこだったかなー？」

「あ、あの、七緒？」

「ちょっと待ってね。えーっと、確かここだったかなー……」

そんなことを言いながら、右手は該当箇所を探しているようには思えない。

まるで和泉の右手の形を確認するかのように、手の甲を優しく撫《な》でる。すりすり、と撫でたあとは、ニギニギ、と手の大きさを確かめていく。

七緒は白魚のような指で、手の甲に浮き出た血管を沿うようになぞっていった。それがこそばゆく、和泉はびくりと震えた。

（な、なんかエロくねえか……？）

脳の発熱により語彙力が低下した和泉が、しどろもどろになりながら言う。

「な、七緒。手を握る必要はないんじゃないか……？」

「え？　そうかな？　女子の間だと普通だけど？」

そんなわけないのである。

その女子であるはずの雨音《あまね》は、顔を真っ赤にして二人の右手を凝視している。口がパクパクしているところを見るに、何か言いたくても言えないという様子であった。

雨音の助けが期待できないことを悟り、和泉は必死に会話を続ける。

「え、えーっと。その書き間違ってる箇所って……」

「んー？　どこだったかなー？」

とか言いながら、七緒の視線はすでにノートに向いていない。

和泉の顔を至近距離で見つめながら、じっと狼狽《うろた》える様を観察しているようであった。

瞳は何かしらの期待に輝き、その頰《ほお》は好奇心により上気している。

好奇心は猫をも殺す、とはことわざだが、これでは殺されるのは自分のほうである。好奇心に和泉は殺されようとしている。

どうにか逃れようと、手に力を入れようとした刹那。

七緒の顔が、ぐっと近づいた。そして顔の横に唇を近づけて――。

「……っ!?」

思わず和泉《いずみ》が目をつむった瞬間……。

そっと七緒《ななお》が耳元で囁《ささや》いた。

「和泉くんの指、すごく長いね？」

「〰〰〰っ！」

和泉の顔が、ボフンッとオーバーヒートした。

慌てて七緒の手を振り払って、教科書やノートを鞄《かばん》に詰め込んだ。

「お、終わり！　勉強会、終わりだから！　俺はバイト行く！」

「あれ？　和泉くん……？」

七緒が止めるのも待たずに、和泉は教室を飛び出した。

下足場へと早足で階段を下りていく。

その途中、頭の中は大混乱に陥っていた。

（な、何なんだ、あの女はあ〰〰〰っ！）

心の叫びに、もちろん誰が答えるわけもなく。

下足場に下りたとき、和泉はようやく我に返った。

（あ、やべ。雨音《あまね》のフォロー忘れてた……）

と、慌てて教室に戻ろうかと考えたとき。

「和泉《いずみ》くん。待ってよー」

階段の上から、七緒《なお》が顔を出して見下ろしている。

……どうやら、雨音《あまね》のほうは難を逃れたらしい。「あんなに勉強できないことを秘密にしたがってたのはセーフか……」と、また微妙にズレた安心感を覚える。

そんな間にも、七緒が小走りで階段を下りてくる。

「あー、いきなり走り出すからびっくりしたー」

「…………」

急いで追いかけてきたのか、頬《ほお》が上気している。額に張り付いた前髪をよけながら、にこりと微笑《ほほえ》んだ。

「駅まで一緒に行こう?」

「……うす」

あまりに平然としているものだから、和泉もついうなずいてしまった。どんな心臓してんだよ、と口にすることはできなかった。

そのまま二人で校門を出て、駅までの道を歩いていく。

「さっきの、わざと……?」

「何のこと?」

「えっと、俺の手を握ってきたやつ……」

「女子の間じゃ普通だよ？」

その言い訳で通すつもりのようであった。

そう言われれば、和泉には何も言えない。おそらく地元の高校では普通のことなのだろうと納得するしかなかった。

（んなわけあるかあ～～～～っ！）

心の中で叫びながら、和泉は顔だけは平静を装った。ポーカーフェイスはお手のものである。

七緒を拒めないのは、おそらくあのストラップのせいであった。

あの日、放課後。

一人で途方に暮れる七緒に声をかけたのは、単純に親切心から。

しかし彼女が持っていた、あのストラップを見てからは違った。あのストラップを優しく握りながら「好きだ」と言った表情が――なぜか脳裏から離れなかった。

（いかん。切り替えがうまくいかない……）

和泉はふうっと深呼吸した。

（よし、冷静だ。完璧に冷静。俺は冷静だ）

と、じっと自分を見つめる七緒に気づいた。

そのまっすぐなまなざしに、なぜか後ろめたさを感じて視線を逸《そ》らす。そして誤魔化《ごまか》すように、やや乱暴に頭を掻《か》いた。

「てか七緒《なお》、気づいてたろ？」

「何を？」

「勉強会」

「あー……」

返事をせずに、クスッと微笑《ほほえ》むだけであった。

どうやら意味は伝わっているらしい。となれば、やはり雨音《あまね》のささやかな見栄《みえ》と秘密はバレていると考えるのが妥当だ。

「他の生徒には言うなよ」

「言わないけど……どうして？」

「雨音は見栄っ張りなんだよ。勉強も完璧な自分、みたいなのを頑張って守ってるんだ」

「ふうん。……え、なんで？」

素直に不思議そうであった。

確かに興味のない人間からすれば、そのような見栄に価値を見出《みいだ》すことはできないかもしれない。

「雨音の家は、ちょっと父親が厳し……いや、厳しいってのは違うな。娘のことが大好きすぎて、ちょっと期待が重いんだ。でも雨音は、それに応えようと頑張ってる」

「…………」

ありていに言えば、雨音は「いい子」なのである。

ただそれを言葉にするのはあまりに陳腐で、言ってしまえば七緒にもその価値観を守ってもらうことは和泉《いずみ》のエゴであった。

本来、七緒には付き合う義理のない話。

しかし七緒は、ただ一言だけ答えた。

「わかった」

その言葉に、不思議と嘘《うそ》は感じなかった。

あるいはあのストラップが結んだシンパシー……のようなものかもしれない。そのことに少しだけ安心した。

が。

「でも、意地悪はしちゃうかも」

「なんで!?　いまのいい話の流れだったじゃん！　ここは『もう意地悪しないね』ってハッピーエンドの流れだったじゃん！」

七緒はクスクスと笑っていた。

それから突然、目を細めて試すように告げる。

「なんでだと思う？」

「……っ⁉」

ふと背を伸ばすように踵《かかと》を上げる。

そして和泉《いずみ》の耳元で、吐息を吹きかけるように言った。

「ぜったいに、わたしのこと好きにさせるからね」


——その頃。

雨音《あまね》は一人、教室で顔を真っ赤にして停止していた。

ハッと我に返ったときには、すでに教室には誰もいなくなっていた。

「な、なんでこうなっちゃうの〰〰〰〰〰〰っ！」

その遠吠《とおぼ》えに応えるものはいなかった。

Ⅶ／ＶＳ氷姫《こおりひめ》

昼休みである。

和泉はいつものように、クラスの男子に声をかけた。

「おーい。一緒に食おうぜ」

佐藤《さとう》がぷいっとそっぽを向いた。

同時に周りにいた男子たちも、同じように視線を逸《そ》らす。

「え。なんか感じ悪いじゃん」

「うるせえ！　裏切者に発言権はない！」

「なんで？　俺、何かした？」

すると佐藤一同は、涙ながらに訴える。

「俺たちの合コンは見捨てたくせに、自分だけ可愛《かわい》い子に告られやがってえーっ！」

「俺のせいじゃなくね？？？」

完全なる八つ当たりであった。

和泉はため息をついて、頭を掻《か》きながら言う。

「あのな。別に付き合ってるとかじゃねえから」

「むしろ何で付き合わねえんだよ⁉」

「余裕のつもりかてめえ！」

非難ごうごうであった。

交際したらそれはそれで怒るくせに……と和泉《いずみ》は納得できない気持ちを抱えた。和泉は両手の人差し指をイジイジしながら、顔を少し赤くする。

「いや、だってお付き合いとか、まずお互いを知ってから始めるもんじゃん……」

「普段の言動を省みて言えや！」

「このなんちゃってチャラ男が！」

ボロクソであった。

これなら普段のイジりのほうがマシだと和泉は心の中で泣いた。

しかしそれとして、やけに話題が続くなあ、と和泉は感心していた。てっきり三日も経《た》てば飽きられるかと思ったが、一向にその気配がない。

「てか、そんなに他人の色恋が気になるわけ？」

「バカ野郎！　おまえ、七瀬《ななせ》さんだからいいんだろうが！」

「めっちゃ推すじゃん……」

七緒《ななお》は確かに可愛《かわい》いと思うが、あまり目立つタイプには見えない。

華やかさでいえば、雨音《あまね》や白亜《はくあ》……下手したら波留《はる》と祈《いのり》のコンビのほうが目立つくらいだ。まあ、後の二人は悪目立ちという点も含まれるが。

しかし七緒は、どちらかと言えば野に咲く一輪の花。可愛いのは認めるが、雨音たちを見慣れているのにリアクションでかいなあと思っていた。

しかし佐藤《さとう》が「わかってねえなあ」と指を振った。画《え》に描いたような二枚目半に、和泉は少しだけイラっとする。

「突如、転校してきた美少女ってだけで優勝だろ。しかも気さくで優しいし……何より清《せい》楚《そ》系なところがいい！」

「清楚……系？　誰が？」

「いや七瀬さんだろ。雨音も可愛いけど、七瀬さんは天然のアイドルって感じするよなあ。古きよきアイドルの面影がある」

「おまえいくつだよ……」

和泉の脳裏に、先日の光景が思い浮かぶ。

あの放課後の勉強会……清楚系というのには甚だ疑問が残るところであった。

（雨音や白亜姉さんもそうだけど……可愛い女子ってのは裏の顔がないと気が済まないもんなのか？）

うっかり顔が熱くなりそうなのを誤魔化《ごまか》すように、和泉はクラスメイトたちとの話を切り上げた。

「あー、もうわかったよ。今日は一人で食うよ」

自分の机で鞄《かばん》を開けて……あっと気づいた。

（やべ。今日、昼飯なかったんだ……）

珍しいことである。

和泉《いずみ》の昼食は、基本的に弁当だ。具体的に言えば、マンションのお隣さんが作ってくれる弁当である。

しかし今朝は和泉が家を出るとき、すでに白亜《はくあ》は登校した後であった。

（それでもいつも準備はしてくれてるんだけど……いや、あんまり白亜姉さんの厚意に甘えているのもよくないよな）

財布の中身を確認し、購買に向かうために立ち上がった。

と、教室を出たとき……。

「あれ？　和泉くん？」

隣の教室から出てくる七緒《ななお》と出くわした。

クラスの友人らしき女子と二人連れだ。弁当のポーチを持っているので、おそらく教室の外で食べようとしていたのだろう。

（この子、確か弓道部の子だったな。部活繋《つな》がりか……）

和泉と目が合うと、にやっとされた。

どうやら、こちらの事情は知っているらしい。いやまあ、それもそうか……と和泉は気恥ずかしくなるのを誤魔化《ごまか》すように言った。

「おう。七緒はどこ行くんだ？」

「これから部活のみんなとご飯に行くんだけど……」

まだ転校して一週間も経《た》っていないはずだが、すっかり馴染《なじ》んでいる様子であった。そう考えれば、先ほど佐藤《さとう》が何やら騒いでいたのもうなずける。

「和泉くんは？　いつもお弁当だよね？」

「いや、今日は忘れてな。これから購買に行くとこ」

すると七緒の目が、キラーンと光った。

あ、やべ……と和泉が失言を撤回する間もなく、七緒がにこりと微笑《ほほえ》む。

「じゃあ、わたしも一緒に行こうかなー」

「ええっ⁉　おまえ、部活の友だちと一緒に食うんじゃないの？」

「大丈夫だよ。ね？」

と、後半は友人のほうに確認を取る。

そっちの友人のほうは肩をすくめて「はいはい。みんなに言っとくねー」と行ってしまった。なんと強制イベントである。

置いて行かれてしまった以上、ここでノーと拒否することはできない。いや、元から拒否するほどの理由もないのだが……。

とはいえ自分のクラスから耳聡《みみざと》い連中の恨みの視線を感じるので、和泉《いずみ》はさっさと移動することにした。

「……わかった。じゃあ、一緒に食うか」

「やった」

楽しげに隣に並ぶ七緒《なな お》を、じっと見つめる。

「和泉くん、どうしたの?」

「いや。さっき教室で、おまえのこと話してるやつがいてな……」

先ほどの七緒に対する評価のズレを思い返した。

「おまえのこと清楚《せい そ》系だって言ってたぞ」

「アハハ。何それ?」

「で、今日はどっちなわけ?」

「どういうこと?」

首をかしげる七緒に、和泉が軽口を叩《たた》いてみせた。

先日の意趣返しのつもりである。

「清楚系のホワイト七緒か、勉強会のときのブラック七緒か」

「わっ、ひどいなー。和泉くん、わたしのこと誤解してない?」

「誤解って単語の意味、ＳＮＳの博士たちに聞いてみろよ……」

少なくとも清楚な女の子は、男子の手を気軽にニギニギしないのである。

七緒は不満そうに頬《ほお》を膨らませていたが、やがて目を細めた。それがやけに悪戯《いたずら》っぽい雰囲気を醸していて、和泉はぎくりとしてしまった。

「いつだって、きみのことが大好きな一人の女の子だよ？」

「はいブラック七緒っ！　おまえ、そういうの平気でぶっこんでくるのマジでやめろ!?」

和泉は顔をかあーっと真っ赤にして吠《ほ》えた。

その様子に満足したように、七緒はクスクスと笑っている。

（くそう。こいつ、マジで躊躇《ちゅうちょ》とかないわけ……？）


購買でパンを購入して、屋上へと到着した。

この時期、まだ多少は昼食目的の生徒たちで賑《にぎ》わっている。もう少しで梅雨から夏になり、ここも人気がなくなるだろう。

そんな一角に、和泉たちは腰を下ろした。うまいこと日陰になっており、それほど不快に感じない。

パンの袋を開けていると、隣では七緒《なお》が弁当の蓋を開けた。野菜多めの、彩りのよい弁当である。

「七緒は弁当か？」

「うん。お母さんの手作りだよー」

「いいな。俺はもう長らく母さんの飯とか食ってねえなあ」

「そういえば一人暮らしって言ってたよね。すごいなー」

「ただの家庭の事情ってだけだし、全然すごくないよ。実際、お隣さんにすげえ助けてもらってるし」

和泉《いずみ》の食生活の七割程度は、白亜《はくあ》の手によるものである。

確かに母親の料理は長らく食べていないが、それに代わるものはよく口にしている。我ながらペテン師の言い回しだと和泉は苦笑した。

「でも一人暮らしって憧れちゃうかも。わたし、よくぼんやりしてるって言われるし、お父さんとお母さんからも大学生になってから心配だってよく言われるんだよ」

「ぼんやり……？」

「あ～っ！　和泉くん、本当にわたしのこと計算高いとか思ってるよね？」

「そこまで言わないけど、他のやつが言うほど100％ピュアってわけでもないだろ」

そんな和泉の言葉にも、七緒は気分を損ねた様子はなかった。

それどころか、妙に楽しげに顔を覗《のぞ》き込んでくる。

「わたしのこと悪女だってわかってるのに一緒にお昼を食べてくれるなんて、もしかしてわたしのこと好きになっちゃったのかな？」

「うっ……」

ふと言い負かされそうになって、和泉は考え直した。

持ち前のポーカーフェイス……もとい表情筋をフル動員して、非常にスマートな顔つきになる。そして顔を近づけながら……甘い声音で囁《ささや》いた。

「こんないい女に迫られて、悪い気がする男がいるのか？」

「…………」

七緒は一瞬、目を見開いた。

ほんのりと頬《ほお》を赤らめると、少しだけ照れた様子で俯《うつむ》く。その態度を見て、和泉はカウンターの成功を確信した。

（よっしゃ！　この前からいいようにやられてる分、きっちりお返しを……ん？）

違和感に気づいたときには遅かった。

和泉の顔の輪郭をなぞるように、七緒に人差し指でつうっと顎を撫《な》でられる。

「和泉くんが、わたしをこんな女にしたんだよ？」

「〰〰〰〰っ!?」

和泉《いずみ》のほうが顔を真っ赤にすると、慌てて一人分の距離を取った。

「お、おまえ、カウンターにカウンター返してんじゃねえよ!?」

「アハハ。和泉くん、自分で言ったくせに〜」

「おいブラック出てるぞ。清楚《せいそ》系がんばれよ」

「こんなわたしを見せるのは、この世界で和泉くんだけだよ？」

「だから、そういう口説き文句をホイホイ放ってくるんじゃないの！」

そんなやり取りをしていると、ふと足音が近づいた。


「あれ？　和泉っち？」


その声に振り返ると——思った通り、雨音《あまね》がいた。

手には購買の袋が提げられており、和泉と同じようにお昼を買ってきたことがうかがえる。

「お、雨音。おまえが屋上とか珍しいな」

雨音は普段、教室でクラスの女子たちと食べている。

「うん。今日はいい天気だし、なんとなくねー」

「風が気持ちいいよな。気持ちはわかる」

「和泉っちこそ……」

雨音の目が、隣の七緒《なな お》に向いた。

普段のみんなのアイドルな笑みを浮かべると、彼女に声をかけた。

「ふ～ん。七緒っちもいたんだね～」

「こんにちは、雨音ちゃん」

一瞬、ピリッとしたものが両者の間に走った……ような気がした。

いや気のせいだろう、と和泉は考えた。なぜだかその点を追求したくないと本能が告げているのだ。だからしょうがないのだ。

と、和泉を挟んで、雨音が隣に腰かけてきた。

「雨音も一緒に食べよ～っと♪」

「お、おう。それはいいけど、おまえ他に誰もいないのか？」

「そだよ～。たまにはそういうときもあるよね～」

「まあ、そうだな」

なんだか妙な気迫を感じる。

先日の勉強会以来、なぜか雨音からじとーっとした視線を向けられることが増えているのだ。

和泉は背中にじっとりとした冷や汗を感じながら、その理由について考えた。

（……もしかして勉強会で置き去りにしたの根に持ってる？）

これまた絶妙な外れっぷりであった。

それも確かにあるのだろうが、それよりも切実なのは七緒《なお》の存在である。この数日、ことあるごとに和泉《いずみ》と一緒にいるのを目撃しているのだ。その胸の内は穏やかではない。

雨音《あまね》は表面上、穏やかな笑みを浮かべながら、内心ではギリギリと歯噛《はが》みしていた。

（な、なんで和泉っち、付き合う気がないのに一緒にいるんだよ～っ！　これじゃあ、ワンチャンあるって勘違いしてもおかしくないじゃん！）

盛大なブーメランが後頭部に刺さっているが、自分に都合の悪いことは見えないようにするのが雨音流であった。さすが生粋のアイドル。

雨音が二人の動向をじーっと観察しながら紙パック牛乳を飲んでいると、七緒が首をかしげた。

「雨音ちゃん。もしかして和泉くんのこと探してたの？」

「ブフゥ――――ッ！」

図星である。

あまりに鋭くぶっこまれた図星の刃《やいば》が、雨音の罪悪感を抉《えぐ》りだす。一瞬で滝のような汗を噴き出しながら、雨音がガクガクと震えた。

「な、なな、ななななな、なななんで、そ、そそそ、そんな、そそそんなここ、ことをーっ!?」

「おい雨音!?　加工しすぎてえらいことになった配信動画みたいになってんぞ！」

和泉が心配そうにするのを、雨音がシャーッと拒絶した。

「うるさいな！　和泉っちには関係ないでしょ！」

「関係ないですけども!?　そんな口から牛乳ダラダラさせられると気になってしょうがないんだが!?」

そして七緒は、ニコニコしながら窘《たしな》める。

「和泉くん。そんなデリカシーのないこと言っちゃダメだよ？」

「今の俺が悪いのかなあ……っ!?」

もとはと言えば七緒の一言が原因だが、あえて口にしない和泉であった。

（てか、やっぱりブラック七緒じゃねえか……）

先日から、やけに雨音に対しては辛辣というか、悪戯《いたずら》が過ぎるというか。理由に関してははぐらかされているが、どうも自分との二人きりを邪魔されているのが気に入らないらしい。

（なんでそんなに俺のこと好きなんだよ……）

その理由がさっぱりわからないのである。

まさか本当に、佐藤《さとう》の言っていた小学生の頃のハーレム帝国が？　そんな存在しない記憶を手繰り寄せていると、ふとそこに四人めの人影が現れた。

「みなさん、賑《にぎ》やかですね」

凛《りん》と鈴を転がすような声。

その場にいた全員が、ハッと振り返った。

氷姫《こおりひめ》の異名を取る生徒会長——白菊白亜《しらぎくはくあ》である。屋上へと吹き上がる風が、彼女の綺麗《きれい》な髪を舞い上げる。くすぐったそうに、耳元の髪をかき上げた。

そして異名を体現するかのような綺麗な微笑を浮かべて、和泉《いずみ》へと挨拶をした。

「和泉くん。こんにちは」

「え？　あ、はあ……」

和泉は呆気《あっけ》に取られていた。

何となく学園では会話をしないようにしていると思っていたのだ。あんなに家でベタベタしているくせに……と思わないでもないが、それは白亜が自分たちの関係を隠したがっているからだと考えた。

（白亜姉さんも、お昼かな？）

いつもは生徒会室で、他の生徒会メンバーと食べていると聞いていたが。今日は天気がいいし、屋上へと出てきたのかもしれない。

雨音《あまね》が慌てて耳打ちしてきた。

「和泉っち⁉ なんか声かけられてない⁉」

「あ、えーっと。白菊先輩とは……」

さて何と言ったものか。

いや、何も深刻に考えることはない。普通に挨拶してきたんだから、普通に実家の知り合いで～とか言っておけばいいのだ。自分の家のことは周知されているし、軽く説明すればいいのだ。軽くね。

……とか思っていると、白亜が笑顔で答えた。

「和泉くんとは、許嫁《いいなずけ》なのです」

「白亜姉さん⁉」

と、うっかりプライベートな呼び方をしたのがまずかった。

雨音が「ぎゃあーっ！」となって、ついでに白亜の登場でこちらに目を向けていた周囲の生徒たちも「ぎゃあーっ！」となった。二重奏はさらに周囲に波及して、悲鳴の多重奏と化した。

いつもクールな白亜が、こんなにも穏やかな笑みを浮かべている。そのことが情報の信ぴょう性を増した。

この特大のスキャンダルに周囲がてんやわんやとなっている中……一人、状況が掴《つか》めていない七緒《ななお》だけが首をかしげている。まだ転校して間もない彼女は、この学園で白亜《はくあ》の存在がどれだけ大きいのか理解していないのだ。

そんな七緒に、白亜が話しかける。

「あなたが転校してきた七瀬《ななせ》さんですね。本校の生徒会長を務めます、白菊《しらぎく》と申します」

「あ、はい。初めまして。七瀬です」

自然な流れで握手をした。

その極めて自然な流れをぶった切るかのように、白亜が言った。

「わたくしの和泉《いずみ》くんが、お世話になっています」

特大の牽制《けんせい》であった！

さりげなさを装いつつも、敵意を隠そうともしない大胆なる一撃。自身が和泉とただならぬ関係であるということを暴露した直後の、この牽制である。いまだ和泉の所有権は我にありと、公衆の面前でぶちかましたのである。

その一撃の影響……それは凄《すさ》まじいものであった。周囲の生徒……そして雨音《あまね》までもが顔を真っ赤にして呆然《ぼうぜん》とするしかないのだ。

そしてこの状況を作り出した張本人――白亜は内心で、勝利の勝鬨《かちどき》を上げていた。

（勝った……っ！）

当然、『元許嫁《いいなずけ》』ではなく『許嫁』と言い間違えたのも計算の内。

世界的大企業の跡取りとして、常に上位の教育を施された才女。その頭脳は、もちろん勉学のためだけに培われているものではない。

俯瞰的《ふかんてき》な戦略。

残酷なまでの人心掌握。

時として天に座する神を味方につける運すらも。

生まれながらの勝者を義務付けられた白亜は、それらを呼吸をするかの如《ごと》く当然のものとしてその身体《からだ》に取り込んできた。

その生まれながらにしての勝者としての勘が告げている。もはや自身の勝利は確実であると。

完全に塗り替えたのだ。

先日の下足場での『好き♡』爆弾など、もはや誰も思い出すこともないだろう。こうして自身の本心を打ち明けることなく、和泉の所有権を掻《か》っ攫《さら》ってしまった。

姑息《こそく》な手段？

いいや違う。これは頭脳戦。ローリスクで最大限のリターンを得るためのハイソサエティな生存戦略なのである！

（フフ。少し大人気なかったですね）

白亜《はくあ》はほくそ笑みながら、七緒《ななお》のリアクションに目を向けた。

そう、勝利の結果をこの目で確認するために——。

——がッ！

「わあっ。すごいねー」

「すごいねえ!?」

七緒は目を丸くしながら感心するだけだった！

つい汚いツッコミをかます白亜に目もくれず、楽しげに和泉《いずみ》に話しかけている。

「和泉くん。許嫁《いいなずけ》さんがいたの？」

「ああ、うん。元ね」

「元かー。でも、そっちのほうが燃えるね！」

「燃えないよ？　よしんば燃えても炎上のほうだよ？」

しかもあっさりバラされていた！

白亜は驚愕《きょうがく》した。

思い人に、許嫁がいる。たとえ元だとしても、その事実に正気を保つなど常人の精神状態では不可能。

白亜は培ったポーカーフェイスを作ると、氷のような微笑を浮かべた。

「あなたのお噂《うわさ》は存じておりますが……」

そして鋭い眼光で、威圧するように静かに告げる。

「許嫁、ですよ？」

対して七緒。

普段の人好きのする笑顔で、はっきりとうなずいた。

「はい。元、ですよね？」


――バチィッと、目に見えない火花が散った。


白亜の鍛え抜かれた覇気――しかし七緒、一歩たりとも引いていない。

このような人間は、白亜の知る限り一人としていない。自身の経歴や学園での立場を知らないという点を鑑みても、これは異常な事態であった。

白亜は一人、ごくりと喉を鳴らした。

（こ、これが『七瀬《ななせ》七緒《ななお》』ですか……）

その額からは、一筋の汗が流れる。

いつの間にか自身が気圧《けお》されている事実に気づき、ハッと我に返った。冷や汗をかくなど、果たして何年ぶりのことであろうか。

（どうやら、一筋縄ではいかない相手のようですね……）

そして、その渦中にあるはずの和泉《いずみ》は——。

「おま、ちょ、和泉っち、姉さんって何だよ〜〜〜〜〜〜〜っ！　かいちょーと許嫁《いいなずけ》って聞いてないんだけど〜〜〜〜〜〜〜〜〜〜〜〜〜〜〜〜〜〜〜ッ!?」

「えっ!?　雨音《あまね》!?　何なの!?　ガクンガクン揺らすのやめて!?」

むしろ隣で聞いてた雨音のほうに大ダメージが入っているが、白亜《はくあ》にとってはどうでもよいことであった。

（仕方ありません。この手だけは使いたくありませんでしたが……）

白亜は意を決した。

この手段——まさに諸刃《もろは》の剣とも呼べる作戦を開始することに、強い葛藤を覚えたのは一瞬であった。しかし冷酷な帝王の血が、彼女の迷いをねじ伏せる。

その残酷な手段——白亜は手提げのポーチから、男子用の弁当箱を取り出した。

「和泉くん。今朝、お弁当を渡し忘れてしまいました」

「あっ。わざわざ持ってきてくれたんですか？」

——その瞬間、雨音をはじめとする周囲の生徒たちがざわついた。


そう。

今朝、和泉の弁当が用意されていなかった理由……このシチュエーションへの布石であったのだ！

当然、弁当を渡し忘れたというのは真っ赤な嘘《うそ》である。昼休み、和泉と昼食を共にするための口実として、わざと渡さなかったのだ。

すべては白亜と和泉が『弁当を作ってあげるような親しい関係である』と周知するための緻密な作戦！　いかにも手作りであるかのような振舞いに、周囲の生徒たちは動揺を隠せない。主に雨音が完全に固まってしまっていた！

そして何食わぬ顔で、その弁当箱の蓋を開けた。

（七瀬七緒。格の違いを——見せて差し上げます！）

ここからが作戦の真骨頂。

白亜は箸を取ると、なぜかその弁当を渡さずに自分で卵焼きを取った。まさか自分で食べるつもりなのだろうか。わざわざ和泉《いずみ》に弁当を持ってきて、それを目の前で自分で食べてやろうという腹積もりなのだろうか。

答えは、否！

白亜《はくあ》は完璧に美しい微笑を浮かべたまま、その卵焼きを和泉へと差し出したのだ！

（ここまでは完璧です。あとは――）

そう、あとは！

あとは……。

えっと、あとは……。

……あとは？

和泉や雨音《あまね》、そして周囲の生徒たちも途方に暮れていた。

なぜか白亜が、その体勢で静止してしまったのだ！

和泉が首をかしげる。

「あ、あの。白菊《しらぎく》……先輩……？」

先ほどの失言（姉さん呼び）を封印しながらの呼びかけに、白亜がハッと我に返った。

そして改めて自身の渾身《こんしん》の策を思い返す。

『和泉に手作り弁当を持ってくるような関係であると周知する』→『トドメとばかりにお弁当を食べさせてあげる』

このコンボ攻撃により、和泉と白亜のラブラブっぷり（主観）は、学園を支配するはずであった。

あくまで理論上は、完璧な作戦である。

しかしこの作戦――ある致命的な弱点を孕《はら》んでいることに、今の今まで白亜は気づいていなかったのだ！

それは、これまで創り上げてきた『氷姫《こおりひめ》』のイメージ。

有り体にいって『世間体』であった！

公衆の面前で、特定の男子に「あ～ん？」をする？

あの白菊白亜が？

世界的企業の跡取りであり、幼い頃から人の上に立つために育てられた才女が？

男にデレデレとした顔を振りまきながら、浮かれた新米カップルのような振舞いに興じる？

――できるわけがないのであった！

白亜《はくあ》は自身の計略によって、期せずして最大の危機を招いたことにようやく気づいた。

（無理無理無理無理無理！　いつも家でやってるみたいになんて絶対に無理〰〰〰っ！）

白亜が家で和泉《いずみ》を甘やかすことができるのは、あくまで世の中と隔絶された空間だからである。

あの１ＬＤＫの城の中でのみ、白亜はダダ甘お姉ちゃんでいられるのだ。

それが何だ。なんというか、その……もし野外でも同じように「たぁくさん甘やかしてあげる♡」なんて言ってみろ。

白亜的には、もはや露出プレイに興じる変態と同義であった！

下手をすれば、生家である白菊《しらぎく》家の破滅すら招きかねない一大事。その双肩にかかっているのは、下部組織に至るまで在籍する何百万もの家族たちの幸福な生活。

白亜は己に問う。

その家族たちの笑顔を奪ってまでも、ここで『あ～ん？』をするべきなのかと。

客観的に見れば絶対に考えすぎだが、白亜はそのように教育されてきちゃったのだからしょうがないのである。そもそも『あ～ん？』など簡単にできるような女なら、わざわざ和泉を囲って事実婚ルートで射止めようなんて面倒なことを計画するわけがないのだ。

(あわわわわ……っ！)

ボシュウウウッと頭から湯気が出そうなほどに赤面して、もはや進むことも引くこともできない現状。

そんな白亜《はくあ》を、不思議そうに和泉《いずみ》が見ていた。

(ど、どうしたんだ？　卵焼きを、どうするつもりなんだ？)

普通なら「食べさせてくれるのかな？」くらい想像がつきそうなものである。

しかし現状は、そんなウキウキイベントには見えなかった。

鬼神の如《ごと》き険しい表情で、白亜に睨《にら》みつけられる。彼女の様子からは、並々ならぬ憎しみのようなものを感じた。

(そ、そんなにパンで済ませようとしてるのに怒ってるのか!?)

和泉の胸中にあるのは「購買のパンでお昼を済ませようとする自分に腹を立てている」というものであった！

なんでやねん、と思いたくなるが、これはそう考えるのもおかしくはない。

そもそも和泉から見たら、白亜が人前で「あ～ん？」をする女子だという認識が存在しないのだ。

だって世界的大企業の跡取りだもの。家では甘々お姉ちゃんだけど、普段は真面目な才女だって知っているんだもの。これはむしろ、白亜の家庭事情を知っているがゆえの落とし穴である。

まさか「あ～ん？」をする側もされる側も、どちらも硬直する謎のシチュエーションが発生していた。

ここで空気を変えることができるポテンシャルを持つのは雨音《あまね》のみであろう。しかし彼女は完全に傍観者となり果てていた。顔を真っ赤にして、ごくり……と喉を鳴らしている場合ではないのである。土壇場で動けないところがおまえの悪いところだぞ。

このままお昼休み終了のチャイムを待つしかないのだろうか。そんな空気が醸し出されていた。

そんなとき！

「和泉くん。あ～ん？」

そんな言葉が、止まった時間を動かした――。

七緒《なお》である。

彼女は自身の弁当のおかず……それが狙ってチョイスされたものかは知らないが、白亜が突き出そうとしているものと同じ卵焼きを和泉に差し出している。

「え？　あ、うん……」

そして極限の緊張状態に陥っていた和泉《いずみ》は――それゆえに何の躊躇《ためら》いもなく、その卵焼きを口に含んだ。

（……ん？）

そして甘い卵焼きをもぐもぐと咀嚼《そしやく》するうちに……自身が「あ～ん？」されちゃった事実に気がついた。

途端、顔がかあ～っと赤く染まる。

そんな和泉をニコニコ顔で見つめながら、七緒《ななお》は可愛《かわい》らしく小首をかしげた。

「美味《おい》しい？」

「あ、うん。……うまいです」

素直に感想を告げると、七緒は嬉《うれ》しそうに微笑《ほほえ》んだ。

そして両手で口元を隠しながら、いかにも大切な秘密を打ち明けるかのような上目遣いになる。

「その卵焼きだけはね――わたしが作ったんだよ？」

「……っ⁉」

さりげない手作りアピールに、和泉がドキリとした。

そんな七緒は何かしらの期待に輝く瞳を向けて、和泉へと少し顔を近づける。

「また和泉くんのために作ってきていいかな？」

そんなことを言われれば、和泉は素直にうなずくしかない。

「お、お願いします……」

「うん。任せて♪」

そんな眩《まばゆ》い笑顔に、和泉はタジタジであった。

（ブラックもホワイトも、どっちも心臓に悪いな……）

そこで「あっ」と、和泉は気づいた。

そういえば白亜《はくあ》のほうを忘れていた。あの卵焼きを突き出す謎の行為……こうして振り返れば、あれはもしかして「あ〜ん？」だったのでは？

「し、白菊《しらぎく》先輩……あれ？」

和泉は首をかしげた。

いつの間にか、白亜の姿が消えていたのだ——。


屋上から下りる階段。

白亜は一人、ツカツカと階下へと下りていた。その双肩からは凍えるほどの冷たいオーラが溢《あふ》れている。すれ違う生徒たちが「ひっ！」と怯《おび》えるほどであった。

その怒りは、自身に向けられている。

（これは、わたくしの心の弱さが招いた結果ですね）

まさか尻込みする隙に、和泉《いずみ》への「あ～ん？」を掻《か》っ攫《さら》われるとは。

いくら世界的大企業の足かせがあろうとも、言い訳にはならない。そのことを理解しており、そして誰よりも自分が許せないのである。

（七瀬七緒《ななせななお》。やはり事前調査のように、ピュアなだけの女ではないようです）

あの隙を突くかのような完璧な「あ～ん？」。

その上――白亜《はくあ》に向かって、ニヤリとほくそ笑んだような気がしたのだ！（※白亜の自意識フィルター越しの七緒です）

そっと屋上を振り返り、そこにいるであろう七緒へと心の中で語りかける。

（わたくしにここまでの屈辱を与えたのは、あなたが初めてです）

明らかに逆恨みだが、それを訂正するものはいない。ついでにあそこには雨音《あまね》もいたはずが、そっちは歯牙にもかけていなかった。

白亜は『氷姫《こおりひめ》』の異名を取る鋭い眼光で、虚空を睨《にら》みつける。

（いいでしょう。七瀬七緒――あなたを敵だと認めます）

そして和泉に渡し損ねた弁当箱を、ぎゅっと握り締めた。

（この白菊《しらぎく》白亜のすべてを以《もっ》て、和泉くんを取り戻してみせるんだから〜っ！）

そんな決意を胸に抱いたとき——廊下の向こうから、見知った女子生徒が向かってきた。

「生徒会長！　こんなところに！」

副会長の女子生徒であった。

どうやら白亜を捜し歩いていたようだ。

「どこにいらっしゃったのですか？　次回の生徒総会の議題を決めることになっていたのですが……」

「あら、ごめんなさい。少し野暮用《やぼよう》で……」

なんたる失態。慌ててスマホで時間を確認しながら——そこで白亜はピーンと閃《ひらめ》いた。

世界的大企業の血が、決定的な閃きを生んだのだ！

「……議題が決まったわ」

「え？　そうなのですか？」

そして白亜は恐ろしいほど冷酷な……しかし全世界の人々が見惚《みと》れるほどの美しい微笑を浮かべた。

「わたくしの威信にかけて——カップルの校内『あ〜ん？』禁止法案を可決させます！」

そして自信に満ち溢《みあふ》れた足取りで、ツカツカと生徒会室へと向かっていった。

その言葉を受け、副会長は——その場に立ち尽くしながら声を上げる！

「……なんで⁉」

彼女の問いに答えるものは、誰もいなかった——。

Ⅷ／ＶＳ悪魔と呼ばれた女

昼休み、白亜《はくあ》とひと悶着《もんちゃく》あった日の放課後である。

（なんか今日、一層疲れたなあ……）

運よく今日はバイトが休みだった。文芸同好会でゆったりと読書をして、家でしっかりと休もう。そうしよう。

HR《ホームルーム》が終わり、和泉《いずみ》は教室を出た。

「い～ずみくん♡」

「ぎゃあああああああああっ!!」

いきなり背中をつぃーっと指でなぞられ、慌てて振り返った。

七緒《ななお》である。

和泉のリアクションに驚き、目を丸くしていた。

「えー。いきなり悲鳴上げるとか、ひどくないかな？」

「いきなり人の背中に『スキ♡』とか書くやつに言われたくない！」

「あ、わかってくれたんだ？　嬉《うれ》しい♪」

「そういうこと平気でするから、俺がクラスで針の筵《むしろ》なんだろ!?」

七緒《なお》は目をぱちくりとして、可愛《かわい》らしく小首をかしげる。

「わたし、そんなに変なことしてた？」

「……昼休み以降、おまえ派閥が急増してなあ」

ホワイト七緒による屋上での「あ～ん？」爆弾である。

あれをうっかりクラスメイトの女子に見られており、そのままクラスに戻って広まっていたという顛末《てんまつ》である。

そのせいで「いい子じゃん」「付き合ってあげなよ」「どうせモテないんだし」の三連コンボを、耳に胼胝《たこ》ができるほど聞かされていた。

男子連中はさもありなん。もはや和泉《いずみ》の味方は誰もいなかった。唯一、味方になってくれそうな雨音《あまね》も……なぜかものすごく恨めしそうに睨《にら》んでくるし。何なんだ……と和泉は途方に暮れていた。

そんな悲痛な訴えに、七緒は朗らかに笑った。

「あはは。それなら付き合ってくれればいいのにー」

「やめるって選択肢はないんだな……」

和泉がうんざりして、図書準備室へ向かう。

そして当然のように七緒もついてくる。

「え？　なんで一緒に来るんだ？」

「うーん。特に用事もないし、和泉くんと遊びたいなーって」

「弓道部に入ってるんじゃないのか？　わざわざ転校する前に弓道場を見たいって言ってたろ？」

「今日は練習お休みなんだよね。弓道場は三年生が自主練に使ってるから、わたしはどうしようかなって思ってたんだ」

そんな会話をしていると……。

ふと七緒が踵《かかと》を上げて、耳元で囁《ささや》いた。

「それに、今は和泉くんと少しでも一緒にいたいしね？」

「だから耳元で囁くのやめろ！」

「和泉くん、耳の形いいよねー。つい近くで見たくなっちゃうなー」

「どういう理屈だ！」

クスクスと笑っている。

自分が揶揄《からか》われている……そのことは承知している。驚いているのは、思いのほか動揺している自分に対してだ。

これが雨音や白亜《はくあ》なら、案外、冷静に対応できてしまうだろう。和泉はそれだけの冷静さを持っている。

ただ「好き」だと好意を伝えられただけ。

たったそれだけで、七緒《ななお》の言動の一つ一つが何かしらの特別な意味を持つように思えてしまう。

（参ったな……）

和泉《いずみ》は自分の単純さに呆《あき》れ果てた。

とはいえ、ずっとこのままのペースというのもよろしくない。ちょうど図書室に近づいてきたところだ。

気を取り直して、七緒に言った。

「じゃあ、俺は同好会に顔出すから」

「え？　一緒に帰らないの？」

「さも当然のように言うなよ……」

このままズルズルと付き合うことになるのもあり得そうで笑えなかった。このホワイトな一面とブラックな一面を併せ持つ少女のことを、和泉は制御できそうな気がしない。

と、そこで七緒が思い付いたように言った。

「あ、そうだ。わたし、和泉くんの同好会って興味あるかも」

「ええ？　そんな特別なもんじゃないぞ？」

「行ってみたいなー。ダメ？」

「ええっと……」

和泉は眉をひそめた。

何せ文芸同好会。ただ本を読んで駄弁《だべ》るだけの活動である。人様に見せるようなものでもない。

しかし逆に言えば、わざわざ行きたいというのを断るほどの理由もない。

（ここで断るのも、なんか七緒を意識してるみたいで嫌だな……）

ぶっちゃけ意識しているようにしか見えないのだが、そこは思春期男子の自意識と自尊心の問題である。まだセーフ。まだセーフのつもりなのである！

「あんまり楽しいもんじゃないぞ……」

「わあい。やったー」

無邪気なものである。

和泉は観念して、七緒を連れて行くことにした。

（そういえば今の三人になってから、他の生徒を招くのは初めてだな……）

以前はよくあったのだ。

卒業した先輩たちが、駄弁り場として部外の生徒を連れてくることも多々あった。だから和泉としては割と当然の文化である。

まさに図書室の前にいるので今更という感じもするが、一応、ラインで七緒のことを後輩たちに伝えてみた。

（いきなり上級生を連れて行くのは驚かせるだろうけど……あの二人なら大丈夫だろ）

天使ちゃんの異名を持つ祈《いのり》は礼儀正しいし、さすがに波留《はる》も初対面の女子に食って掛かるということもあるまい。

そんな気軽な思いを胸に、和泉《いずみ》は図書準備室のドアを開けた。


「センパイ。なんで部外者がいるんですか？」

――空気が冷え切った図書準備室で、波留のドスの利いた声が突き刺さった。


和泉は予想を完全に外したことを悟った。

まずドアを開けた瞬間、今の台詞《せりふ》である。

狭苦しい図書準備室の中で腕組みして仁王立ち。その冷酷なるまなざしは殺気に満ち溢《あふ》れており、前世は異世界で暗殺者でしたとか告白されてもまったく違和感がない。

そして天使ちゃんたる祈は、困ったようにおろおろするばかりだ。

唐突に修羅場と化している図書準備室の前で、和泉は呆然《ぼうぜん》としていた。

（こ、こんなに嫌がるなんて……）

確かにいきなり連れてきたのは申し訳ない。ともすれば、これは上級生という立場を利用した身勝手ともいえる。

しかし、ここまで敵意丸出しになるのも理解に苦しむ。

普段のクラスでの様子を知っているわけではないが、少なくとも祈が語るアレコレからは落ち着いた子だという印象を受けていた。悪魔だとか呼ばれるのも、それは親友を守ろうという友情の気持ちからだ。

なぜここまで怒っているのか。

そこまで考えて――和泉はハッとした。

（そんなに部室が狭いのが嫌なのか……？）

大外れである。

さながら大リーグのスラッガーが放つ超特大ファールボールの如《ごと》き勘違い。そもそも和泉にとって、七緒《なな お》からの告白騒動を波留たちに知られているという認識がなかった。

まあ、認識があったところで、まさか「自分にやきもちを焼いている」とかは決して思うまい。だって波留の普段の言動がアレだもの。ちょっと辛口のツンデレさんが、こんなところで裏目に出てしまった。まあ表に出ることも一生あるまいが……。

対して波留と祈。

ただでさえ先日の『好き♡』爆弾の後、初めての同好会活動である。

意中のセンパイが可愛《かわい》らしい女子から告白され、その子を部室に連れてくる？　実は昼間の「あ～ん?」爆弾も、一年の間ではそこそこ話題となっていたのだ。

それって完全に『新米カップルが校内にプライベートスペースを作ってラブラブしようとしてる』ってシチュエーションにしか見えへんやん！

完全に寝耳に水となった七緒《ななお》の襲来（?）に、波留《はる》が本能的に防衛体制を取った理由がこれであった。

この文芸同好会……経緯はどうであれ、波留たちが誰からも邪魔されずに、上級生である和泉《いずみ》と過ごすことができる唯一無二の空間である（あくまで『たち』と言い張る）。

敵を追い出し、この同好会の平穏を守らなくてはいけない。

（ここで、この女の侵入を食い止める！）

波留はその決意を胸に、くわっと目を見開いた。

「あ、どうぞどうぞ～。せんぱい、お茶とか出しましょうか～?」

「祈《いのり》!?」

親友の裏切りによって、あっさりと牙城は崩れた。

奥に立てかけたパイプ椅子を持ってきて、ご丁寧に座布団まで敷こうとする。その肩を掴《つか》んで、ズルズルと隅っこに引きずっていく。

そして極めて小さな声で、波留は親友へ抗議した。

「祈、何してるの!?」

「だって波留、さすがに態度悪すぎだよ～。いきなり喧嘩腰《けんかごし》でどうするの～？」

「だ、だって、このままじゃセンパイが……」

「波留、もう諦めなよ～。あんな可愛《かわい》い人に告られて、悪く思う男子はいないってば。のんびりやってた波留の負けだって」

「～～～～っ！」

　その二人の不審な様子を、和泉は困った感じで見つめていた。

　和泉にしてみれば、何がなんだか……という心境である。いきなり波留が敵対してきたかと思えば、祈はウェルカムの姿勢だ。

（昼休みは白亜《はくあ》姉さんの様子もおかしかったし、今日は厄日か……？）

　そこでようやく、七緒のことを気遣う余裕が生まれた。

「ごめんな。ちょっと立て込んでるみたいだ……」

「全然いいよー。いきなり来たからびっくりさせちゃったよね」

　初対面でガン飛ばされた割に、七緒は意に介していない様子である。むしろ微笑《ほほえ》ましそうに言った。

「可愛い後輩さんだね。わたしも弓道部じゃ新入部員みたいなものでしょ？　だからどういうスタンスで話せばいいか迷ってるんだ」

「ああ、なるほど。昼飯とかはよく一緒に食べてるんだっけ？」

「うん、そういうときね。とりあえず黙ってようかなって思ってるんだけど、それはそれで気を遣わせちゃうかもしれないし」

「難しい問題だよな。そういえば、うちの弓道部って強いのか？　それによっても雰囲気とか違ってくるだろうし……」

「うーん。地区予選じゃ上位って聞いたけど、やっぱり関東は層が厚いから。これから頑張らないと」

「なるほどなあ。ちなみに七緒《なお》が前にいた学校は？」

「それは……」

と、そこで七緒、何を思ったか意味深に見上げてくる。

「わたしの前の部活、気になる？」

その小悪魔チックな態度に、和泉《いずみ》がついドキリとしてしまう。

「い、いや、あくまで一般的な会話としてな……」

「ふうん？　一般的な会話を装って、わたしのこと知りたいんだ？」

「おまえ、ブラック出てるぞ⁉」

「そんなことないよー。わたしはいつだって、和泉くんに可愛《かわい》い女の子だって思われていたいだけだよ？」

そして何を思ったか、謎の交換条件を提示してきた。

「和泉くんがデートしてくれるなら、教えてあげてもいいよ？」

「どういうことだよ。そこまで謎に満ちた高校生だったの？」

「そういうわけじゃないけどー……」

と言って、両手で口元を隠すあざといポーズでおねだりしてくる。

「ダメ？　わたし都会って初めてだから、誰かにボディーガードしてほしいなー？」

「………」

そういう言い回しは非常にズルかった。

人のいい和泉にとって、この手の要求は断りづらい。そのことを、出会って一週間かそこらの少女にすでに見抜かれているようであった。

「……わかったよ」

「やった。それじゃあ、今度の土曜日は？」

「まあ、バイトが昼過ぎで終わるから、それからでいいなら……」

……と、週末の予定をすり合わせているときである。

いつの間にか、図書準備室に濃密な瘴気《しょうき》が漂っていた。

ハッとして振り返ると、さっきまで作戦会議らしきことをしていた波留《はる》が、じと〜〜〜

〰〰〰〰〰っとした視線を向けていた。

そしてひじょ～に機嫌の悪そうな声で、和泉《いずみ》に堂々と物申す。

「センパイ。イチャつくなら別の場所に行ってくれませんか？　この部室は、センパイが女子を連れ込むための空間ではないと思いますが？　確かにこの文芸同好会の会長はあなたですが、それはあくまで年功序列に即した結果であり、決してあなたの人格や功績を加味した結果ではないということを胸に留《とど》めて頂けると……」

「あ、そうだな。ごめん……」

八つ当たりとはいえ極めて正論なので、和泉は素直に謝った。あと謝らないと永遠に罵倒が続くことを知っているので、この手の判断は早いのだ。

そして波留《はる》が、大きく……それはもう大きく深呼吸をする。

「それで、その、さりげなくデートの約束など、なさっているようですが……」

一瞬、言葉を躊躇《ためら》うように黙り……まるで地底から響くような声音で聞いた。

「お、おお、お付き合い、なさっているのですか？」

現在の波留の心境からすれば、かなり冷静な言葉であった。

ただ問題はその表情がもはや泣きそうな一歩手前であることであろうか。ここまで感情が駄々《だだ》洩《も》れで、よくもまあ普段からあれほどの毒舌キャラで通っているものだ。

なお親友の祈《いのり》は「おもしろ～」とか思いながら、さりげなくその表情をスマホで撮っている。

それに対して、和泉は「なんで告られたの知ってんだ？」とか疑問に思いながらも、けっこうでかい騒動になってたからなあと勝手に納得していた。

「いや、そんな知り合ってすぐの子と付き合えるわけねえじゃん……」

「……っ!?」

その言葉に、波留がぴくっと反応した。

普段は深い皺《しわ》の刻まれた眉間が、一瞬、ふわっと歓喜の笑顔に――。

「そもそも好きな子とかいないし。今のところ誰かと付き合う気はないな」

「～～～～～～～～～っ!?」

返す刀で、一刀両断であった！

まさかの二段構えの精神攻撃である。天然でこれなのでなおタチが悪い。むしろ本当の悪魔はこちらであった。

「…………っ！」

波留が思いがけない致命傷を喰《く》らって悶《もだ》えている様に、さすがに普段は茶化《ちゃか》している祈もフォローしなきゃという使命感に駆られる。

七緒《なな お》に椅子を勧めながら場の収拾を図った。

「と、とにかく！　せっかく来てもらったんだし、仲良くしましょうよ～」

このままでは、波留《はる》が色々と面倒くさいことになってしまう。

そしてそれは彼女にとっていい結果にはならないことだろう。それを弁《わきま》えての行動である。伊達《だて》に中学の頃から波留の親友をやっているわけではないのだ。

しかし波留としては不満である。できれば七緒《ななお》を追い出したいのだ。

「い、祈《いのり》……」

「波留は黙ってて！　せんぱいが付き合ってるわけじゃないのはわかったんだし、今は悪い印象を与えちゃだめ！」

「うう……っ！」

思ったより強く怒られて、波留が渋々と従った。

その様子を見ていた和泉《いずみ》は、後輩たちの新しい一面に戸惑っていた。

（……なんか、あいつらの考えてることがマジでわからん）

女子の世界……童貞ごときが理解するには奥が深すぎた。

そしていったんは落ち着き、普段通りの活動風景が戻ってきた。

……戻ってきたはず、であった。

「…………」

「…………」

「あ、和泉くん。まだページめくっちゃダメ」

「……うす」

「…………」

「ありがとう。もういいよ」

「……うす」

「〰〰〰っ！」

文芸同好会。

繰り返すが、本を読んで駄弁《だべ》るだけの場所である。

読書中は、だいたい沈黙の時間が流れる。

……それは今日も変わらないはずだったのだが。

「面白いね」

「そ、そうだな……」

「ね、この二人、どうなっちゃうのかな？」

「まだ序盤だしなあ。てか、これデスゲームものだから、あんまり幸せにはならないと思うぞ……」

さっきから、和泉《いずみ》と七緒《ななお》のコソコソとした会話が続く。

波留《はる》と祈《いのり》を慮《おもんぱか》って音量を下げているが、それがむしろ気に障る事態に陥っていた。それもそのはずで、この二人……。

(俺たち、なんで二人で一つの本を読んでるんだ……?)

そうなのである。

さっきから和泉が持ってきた本を、七緒が隣で覗《のぞ》き込む形になっている。もともと狭い図書準備室……とはいえ、ここまでぴたりと肩を密着させる必要はない。それを理解していないはずもないが、七緒は当然のようにそのポジションをキープしている。

イチャイチャしていた。

ものすごくイチャイチャしていた。

いや、本人たち……少なくとも和泉の自覚としてはイチャイチャしているつもりはないのだが、傍目《はため》から見ればもうイチャイチャしている以外の何物でもない。アルファベットで記せば『ITYAITYA』してるのである。

もしここにクラスメイトの佐藤《さとう》がいれば、奇声を上げながら窓ガラスを突き破ってグラウンドに駆けていったかもしれない。そのくらいのイチャイチャっぷりであった。とてもではないが、知り合って一週間ほどの男女の距離感ではない。

でもここには佐藤もいないし安心だね、とはならないのだ。

波留がぷくぅ～～～～っと頬《ほお》を膨らませて、不機嫌オーラ全開であった。

先ほどからスマホに視線を落として何気ない風を装いながらも、ゲームをタップする指は震えてミスが酷《ひど》い。何度もボーンとかドカーンとなっている。

そして、それを横目に親友の祈は……めっちゃ肩を震わせていた。正直なところ、波留のメンタルと同レベルのギリギリさで平静を保っている。しかしここで自分が爆笑しては、さすがに色々とマズいので頑張って我慢していた。

そんな一触即発の空気。

さほど時間も置かず、決壊のときはやってきた。

波留の意を決したような表情の後、冷たい声が響く。

「ご自分の本を読んではいかがですか？」

それに対して、和泉たちは驚いて顔を上げる。

「す、すまん。うるさかったよな？」

「そうですね。この文芸同好会が読書を活動基盤とする以上、この読書時間は他人の邪魔をせずに真剣に取り組むべきかと思いますが」

でかいブーメランが刺さっているが、本人はいたって真面目であった。

普段からスマホゲームばっかりして、なおかつネタバレというどでかいルール違反をかました人間の発言とは思えない。

和泉《いずみ》は気まずそうに笑いながら、隣の七緒《なお》に言った。

「一応、うちの活動の見学ってことだからさ。なんか本とか持ってきてない？　朝に読書の時間あったろ？」

「うーん。わたし、まだ本の準備してないんだよ」

「それ、絶対ウソだろ……」

どうしたもんか、と考えていると、七緒がまたもや「いいこと思い付いたぞ」って感じで余計なことを言い出した。

「それじゃあ、合図を決めようよ。本をめくっていいときの合図」

「マジで？　そういう方向性で頑張るの？」

できれば自分の本を確保してくる方向性でお願いしたい和泉であった。

というか、別に読書にこだわる必要はないのだ。波留《はる》だって普段からスマホゲームばっかりしているのだし、ぶっちゃけそれに倣えばよいのではないだろうか。

ただ七緒がそれを聞いてくれるとは思えないということも、まあまあ理解し始めているのであるが……。

「じゃあ、和泉くん。読書、再開しようよ」

「静かになるなら何でもいいけど……」

読書を再開した。

すると突然、和泉の太ももに、七緒の手が添えられる。

（……っ!?!?）

あまりの不意打ちに、心臓が飛び出しそうな錯覚があった。かろうじて、声を出すことは我慢できた。ここで下手に声を上げては、また波留に害虫でも見るような目でボロクソ言われるに違いない。

（え？　七緒？　どういうこと？）

混乱する和泉をよそに、七緒はじーっと本に目を落としている。

その視線から、本を読んでいることはわかるのだが……いや待て。ちょっと待て。この体勢はよくない。というか、先ほどの合図とはいったい……。

——スリ、と太ももが撫《な》でられた。

「……っ!?!?!?!?」

今度こそ心臓が飛び出しそうになるのを、かろうじて堪えきった。

普段はクラスメイト達《たち》に「顔だけ」だの「顔だけ」だの「顔だけ」だのと揶揄《からか》われてい

る男だが、やるときはやる男なのである。あれ？　本当に顔しかないな……？

そう言っているうちにも、七緒《なお》の手は優しく太ももを撫《な》で続けている。

まるで円を描くように……そうだ。この動き、覚えがある。和泉《いずみ》が幼い頃、祖父母の家で餅つきが開催されたときのことだ。祖父の杵《きね》の動きに合わせて、祖母が餅をこんな感じでこねていた。なんという巧みな指使い。これがフェザータッチというやつか。

七緒が太ももを撫でるたびに、ゾクゾクとしたこそばゆい感覚が脳に伝わる。あの餅はこんな気分だったのだろうか。あれはうまかったなあ。特につきたての餅に自家製の餡子《あんこ》をくるりと包んで……いや現実逃避をしている場合ではないのである。

（七緒、何のつもりだ……？）

しかし当然ながら答えはない。ただずっと本に視線を落として、和泉の太ももを撫で続けているだけだ。

（く、くすぐったい……いやヤバくないか？　ちょっと恥ずかしすぎるんだけど……）

意識すると、さらに感覚は敏感になっていく。七緒の肩が密着するたびに、その体温を感じる。吐息が漏れるたびに、甘い香りを感じるような気がする。

この狭い図書準備室。

いつの間にか湿っぽい空気が充満していた。

いくら頭が回るとはいえ、和泉も健康な男子高校生。突然、可愛《かわい》い女の子からこんなアプローチをされれば、思考の大部分が奪われてしまう。もはや読書どころではない。

そしてそれは、波留《はる》と祈《いのり》も同様であった。

先ほどから顔を真っ赤にして、七緒の行動をガン見して「はわわわわ……っ！」ってなっていた。中学を卒業したばかりのひよっこたちにとって、この七緒のアプローチは極めてアダルティックである。アメリカの映画で、男女がベッドシーンに雪崩《なだ》れ込《こ》む五秒前って感じであった。

（い、祈！　これはどういうこと⁉）

（わ、わかんないよ！　高校生なら普通なの⁉）

そして三人の注目を浴びる七緒は……。

ふと顔を上げると、和泉に向かって眉根を寄せた。

「和泉くん。まだこのページ読み終わらないの？」

「それがめくっていい合図なの⁉」

いくらなんでも難解すぎるのであった。


波留がバッと窓を開けた。

清々《すがすが》しい空気が図書準備室を満たして、ようやくみんな我に返る。

「キャバクラですかーっ!!」

波留《はる》の怒りのツッコミが七緒《なお》を襲った。

その七緒は「わあっ」と目をぱちくりしている。どうやら怒られている理由がよくわかっていない様子であった。

波留は準備室のドアを指さした。

「と、隣が図書室です。何でも持ってきてください！」

「それはちょっと嫌だな」

「なんでですか!? 自分の本を読んでください！」

「うーん……」

七緒は何やら難しい顔で考え込んでいた。

何事だろうか……と身構えていると、和泉《いずみ》に聞いてくる。

「だって和泉くん。その本を読むの初めてだよね？」

「え？　まあ、そうだけど……」

先日のミステリー小説は読み終わった。

なので今回、新しい本を持ってきたのだが……。

「和泉くんが初めて読む本なら、わたしも一緒に読みたいし」

波留が慌てて口を挟んだ。

「な、なら同じ本を買えば……」

「それじゃあ読むスピードが違うもん。一緒に感想言いながら読むの楽しいよね？」

「でも読みづらいし……」

「大丈夫だよー。和泉《いずみ》くんは優しいし、少しくらいなら待ってくれるから」

波留《はる》は必死であった。

なぜならその本――波留もまた、こっそり裏で読み進めているのだ！

今度こそ最初の感動の共有者になるため……いやちょっと不器用すぎないかこいつ、と
親友の祈《いのり》が思うほどには切実であった。そんな波留にとって『一緒に読み進める』とは盲
点であり、本人的には明らかなチート行為！

「で、でもそんなのは……」

苦し紛《まぎ》れに否定しようとするが、無駄であった。

もはや勝敗は確定的であり、惨めな姿を晒《さら》すだけである。それでも波留にとっては、引
くに引けない大一番……のような気がしていた。

しかしここで空気を読んでくれる七緒《ななお》ではない。

ちょっと上目遣いで口元を両手で隠しながら、少し照れた様子で言った。

「わたし欲張りだから、和泉くんのハジメテ全部ほしいな？」

「……っ!?」

そんなことを言われて、和泉の顔がかあーっと赤く染まった。口をぱくぱくさせて、もはや何も言えねえって感じである。

そして、それを受けた波留は……。

キッと睨《にら》みつけると、ちょっと涙目になって叫んだ。

「そういうつもりなら、こっちだってやってやりますよ！」

「え？　何を？」

「一緒に読めばいいんでしょう、一緒に！」

「波留？　おまえマジでどうしたの？」

唐突に始まった謎のマウント合戦に、和泉は困惑した。

そして七緒とは反対側に、勢いのまま椅子が押し付けられる。この図書準備室が狭いとはいっても、ここまで密集する必要はない。一周回って、残された祈がのびのびと手足を伸ばせそうであった。まあ、その祈はスマホを構えてワクワクしながら動画を撮ろうとしているのだが……。

「さあ！　センパイ、はやく読んでください！」

「なあ波留？　どういうことかマジで説明して？」

「ああもう、察しが悪いですね！　ＦＰＳで攻撃の合図出してるのにいつまでも突っ立ってる前衛ですか!?　小さな勝機をみすみす見逃すことが全体の勝利を逃すことに繋《つな》がるとなぜわからな――」

「ごめん！　なんか察しが悪くてごめん！」

今日はいつにも増して熱の籠った罵倒であった。

和泉《いずみ》は混乱していた。この波留《はる》の態度……明らかに様子がおかしい。いつも人を食ったような言動を見せる彼女だが、今日のはちょっと暴走気味である。

和泉が祈《いのり》に助けを求めようと……あ、ダメだ。笑顔で大きな『×』を作っている。どうやら今回は助けてくれないらしい。マジで何なの……と軽い絶望が和泉を襲う。

そして波留は、まったくもうと鼻を鳴らして答えた。

「いいですか。私はあなたが七瀬《ななせ》センパイといるのを見ると――」

はた、とそこで言い止める。

――自分は何を言おうとした？

波留の脳裏に、ものすごく色んな感情が駆け巡った。

え？　そもそもこの状況ってアウトではないか？　センパイに好意を寄せる女の子がやっている行動を、自分もやる？　この狭い図書準備室で？　センパイの膝の上に手を添えてスリスリする？　それってもはやただの求愛行動では？

（え、えーっと……ハッ!?）

波留が我に返った瞬間、和泉の顔が真横にあった。熱弁しすぎた勢いで、いつの間にか鼻先が触れそうなほど迫っていたのだ！

「……きゅう」

「波留!?」

突然、波留がオーバーヒートを起こして倒れた。

和泉が慌てて助け起こそうとするが、それを祈が止めた。

「あ、大丈夫です～。波留、たまにあるんで～」

「たまにあるの？　これが？」

と、波留がぱちりと目を開けた。和泉は「まるでＰＣの再起動みたいだなあ」とか失礼なことを考えてすぐ首を振る。

そして波留はガバッと身体《からだ》を起こすと、羞恥に顔を赤らめながら悔しそうに唸《うな》った。

「か、帰ります……っ」

「おう。え、マジで大丈夫……？」

しかし涙目で睨《にら》みつけられて、何も言えなくなってしまった。

和泉は黙らされると、その後ろ姿を見送る。慌てて祈も鞄《かばん》を持ち、和泉たちにぺこりと頭を下げて出ていった。

「…………」

「…………」

残された和泉《いずみ》は、二人の足音が廊下の向こうに消えるのを確認して、どかっと椅子に腰を下ろして項垂《うなだ》れる。

「マジで何なんだ……」

おそらく文芸同好会史上、最もハードな一日であった。読書まったく関係ないけど。

(何か気に障ることをしたか……？)

いや、まったく覚えがない。しかしあの様子では、明らかに自分に非があるように思うのだが……。

(あ、そうだ……)

和泉は七緒《なお》のことを思い出した。

「すまん。なんかよくわかんないことになって……」

七緒は朗らかに笑っている。

「ううん。可愛《かわい》い下級生とお友だちになれて、わたし嬉《うれ》しいな」

「あれは友だちなのか……？」

少なくとも波留《はる》は、ものすごく警戒して吠《ほ》える小型犬であったが。まあそのうち慣れるだろう……と和泉が本気で思っているあたり、波留の平穏は遠そうである。

このまま二人で駄弁《だべ》るために図書準備室を独占するのはよくないだろう。そう思い、早めに下校することにした。

鞄《かばん》を持って、図書準備室に鍵をかける。

その際、七緒が意味深な様子で言った。

「和泉くん。けっこうモテるんだねー？」

「ええ……。何言ってんだ、おまえ……？」

「あんなに可愛い後輩が慕ってくれてるのに？」

「……慕う？　アレが？」

アレが、である。

ツンデレは疑うこともない萌《も》え要素だが、極度のそれは凶器にしかなれない。波留がそのことを思い知るのは、まだもう少し先のことではあるが……。


——放課後の廊下である。

雨音《あまね》は一人、トボトボと下足場へと向かっていた。

（しんどみ～……）

テンションがアホのように低い。普段のアイドルのオーラはしおしおに萎《しぼ》み、見る影もなかった。

もちろん和泉《いずみ》の件である。

なんかもう、完全に空気と化している自分に落ち込んでいた。

最近は事あるごとに和泉を七緒《ななお》に取られていき、声をかけるのも一苦労である。もちろん放課後の勉強会も頻度が下がるし、そもそも勉強会に当然のように顔を出す七緒のせいで和泉とのラブラブタイムは破滅の危機であった。

まあ、そもそもラブラブタイムだと思っていたのは自分だけだったのだけど！

あまりの自分の滑稽さに、雨音《あまね》は泣きたくなった。

この現状、もはや恋のライバルとすら認識されていない可能性は高い。道化を演じても誰も見てくれないとかサイアクでは？

（しかも、なんか昼休みはかいちょーとも怪しかったし～っ！）

まさか『氷姫《こおりひめ》』たる白亜《はくあ》が、和泉の許嫁《いいなずけ》？

本気の本気で初見の情報に、雨音は鼻血が出そうになったものだ。

しかもあの感じ……どこからどう見ても、白亜は和泉のことが好きっぽいのである。しかも毎日、お弁当を作ってる関係とくれば……。

（あ〜も〜っ！　雨音、どうすればいいんだよ〜っ！）

廊下で一人、ジタバタ悶《もだ》える雨音である。ちなみに混乱しすぎて肝心の『元』の部分は耳を通り抜けているようであった。

そんな感じで呪いのダンスみたいなのを踊っている（ように見える）と、ふと背後から声をかけられた。

「――そこの女子生徒。廊下で暴れてはいけませんよ」

「……っ!?」

雨音はバッと振り返った。

その凛《りん》とした声の主――件《くだん》の生徒会長、白亜である！　どうやら放課後の生徒会の事務作業の帰りのようであった。

振り返った雨音に、白亜のほうも気づいた。

「あら。あなたは……」

「あ、えーっと……」

期せずして、和泉を巡る恋敵が邂逅……と呼べるのだろうか。

確かに恋愛強者《メインヒロイン》としてその候補とも呼べる二人だが、いかんせん和泉から意識されてるかどうかで言えば……その……なんというか……どんぐりの背比べというか……。

まあ、龍虎相《りゅうこ》まみえるみたいなシチュエーションである。二人の名誉のために、そういうことにしておこうね。

先手は白亜《はくあ》であった。

「あなた。和泉《いずみ》くんのクラスメイトの……」

「あ、雨音《あまね》です……天崎《あまさき》雨音……」

「そう。雨音さん」

そして『氷姫《こおりひめ》』の異名を取る鋭いまなざしで、雨音を見据えた。

「あなた。和泉くんに片思いしているのでしょう?」

「……っ!?」

先制攻撃に、雨音が怯《ひる》んだ。

しかしここ数日、ただ七緒《ななお》にメンタルをボコボコにされていたわけではない。気圧《けお》されながらも、ぼそっと言い返した。

「か、かいちょーこそ、和泉っちへの『あ〜ん?』取られてたくせに……」

「……っ!?」

ピキッと、白亜の口元が引きつった。

予想外に一番突かれたくない弱点を攻撃され、優等生の仮面がバラバラに砕け散る。

「な、なな、何を証拠にそんなことを……」

「すっごい慌ててる……」

「あ、慌てていません！　仮にも上級生に対して、そのような口の利き方を……」

「やられた途端に年上アピールかっこわる～」

「ぐぬぬぬぬ……っ！」

二人で場外乱闘……うん、そうだ。この場合、『場外乱闘』が最もしっくりくる。決して本戦ではないところがミソである。それが勃発しそうになっているとき。

「波留《はる》～。いい加減、素直になりなよ～っ」

そんな第三者の声が聞こえた。

雨音と白亜が同時に振り返ると、そこに一年生の女子二人組が通りかかる。その顔には見覚えがあった。

和泉が所属する文芸同好会の一年生コンビである。

名前は、春日《かすが》波留と堂本祈《どうもといのり》。

そのウルフカットのほう……波留が、ぶすーっとした顔で先を行く。それを祈が、慌てて追っていく構図であった。

「センパイが悪い」

「いや、絶対に波留《はる》のほうが悪いよ～」

「だってセンパイ、同好会の時間なのにあの女の人にデレデレデレデレ……」

「波留も同じように頑張ればよかったじゃ～ん」

祈《いのり》が呆《あき》れながら、大きなため息をついた。

「そんなんじゃ、ほんとにせんぱいのこと取られちゃうぞ～。次の土曜日には二人でデートするって言ってたし～」

「そ、そんなこと言っても、私じゃ……」

クソ雑魚メンタルと化した波留は、顔を真っ赤にして泣きそうになる。そして何か言い返そうと、祈のほうに振り返った瞬間――。

「ねえ、一年生ちゃん。その話、雨音《あまね》も気になるな～？」

「フフッ。わたくしたちにも、詳しく聞かせてくれませんか？」

――なぜか祈の背後に立つ雨音と白亜《はくあ》に、波留がビクーッと震える。

とんでもない圧を放つ二人。これはただ事ではない。いや、絶対にただ事でしかないのだが、少なくとも一年生である波留と祈にとっては尋常な事態ではなかった。

波留と祈が泣きそうな顔で手を握り合って、復讐《ふくしゅう》の鬼と化した二人の哀れな負けヒロインにとっ捕まえられる。

洗いざらい白状させられ、こうして和泉《いずみ》の知らぬところでゲリライベントの発生条件を満たしてしまうのであった。

Ⅸ／楽しい楽しいデート回

土曜日。

今日は、学園は休みである。

和泉《いずみ》は昼過ぎにバイトを終え、約束の駅前に向かった。天気もよく、週末の繁華街は当然のように込み合っている。もはや数えるのも億劫《おっくう》なほどの人々が行き交っていた。

目印の銅像の前で、和泉は時間を確認した。

ちょうどそのタイミングで、向こうから声がかかる。

「和泉くん」

七緒《なお》であった。

可愛《かわい》らしい白ニットと、桃色のロングプリーツスカートという組み合わせである。学園のスカートはミニ丈なので、清楚《せいそ》感が三割増しであった。

「ごめんね。待った？」

「いや、いま来たとこだ」

互いに十分前行動だったらしい。

それでも七緒は急いで来たらしく、その額に汗の玉が浮かんでいる。額に張り付いた前髪をよけると、嬉《うれ》しそうに微笑《ほほえ》んだ。

「私服だと、なんか変な感じがするね」

そうだなあ、と普通に返しそうになって……。

和泉はピンときた。今日一の閃《ひらめ》きである。

（今日はブラック七緒には負けたくないし、やっぱり最初が肝心だよな）

先制攻撃を決めた。

和泉はいつものニヒルな笑みを浮かべて、七緒にずいと顔を近づけた。

「そんなに俺に会いたくてしょうがなかったのか？　いつも余裕ぶってるくせに、本音が駄々《だだ》洩《も》れで可愛いじゃねえか？」

すると七緒は、目をぱちくりさせて笑った。

「そうだよ」

そうして和泉の着ていた上着の裾をつまんだ。

「和泉くんこそ、今日、わたしと会うためにその服を下ろしてくれたの？」

「……っ!?」

和泉はぎくりとすると、しれっとした顔で視線を逸《そ》らした。

「いや、普段の外着がけっこう古くなってたし、ちょうどいいかなって……」

「ふうん？」

その明らかに下手な言い訳に、七緒《ななお》が目を細める。そっと踵《かかと》を上げると、その耳元で囁《ささや》いた。

「わたしの好きって気持ち、少しは伝わってくれたのかな？」

「……っ!?」

その耳を押さえて、和泉《いずみ》は顔を真っ赤にした。

「だからブラックやめろっ！」

「アハハ。和泉くん、そのキャラもうやめたら？」

「キャラとか言うなよ!?」

七緒は右手を伸ばした。

人差し指で和泉の顎のラインをなぞるようにすると、上目遣いに言った。

「でもそんな和泉くんのことが好きだから、やめたら寂しくなっちゃうな？」

「ついでに口説くな！」

慌てて距離を取ると、ぐぬぬと顔を赤くしながら一人で決意を込める。

（今日は七緒には負けないからな！）

初っ端《ぱな》から手痛いカウンターを食らっておきながら、なんと諦めの悪い男であろうか。

しかし和泉は本気である。仕切り直すために、慌ててスマホを取り出した。

「七緒。昼飯は？」

「和泉くんと一緒に食べたいなって思ってた」

「それじゃあ、先にどこか入るか」

スマホでいくつか目星をつけていた店のインスタを見回した。

すると反対の手を、七緒が握った。

普通の握り方ではない。指を交互に絡める、いわゆる恋人繋《つな》ぎ。

「うっ……」

和泉がドキリとすると、七緒は上目遣いに笑いかけてくる。

「今日は、デートなんだよね？」

「わ、わかったよ……」

ついぎこちない返事になりながら、今日は七緒の希望に合わせることにした。実際、何か言ったところでやめる女でもないことはすでに刷り込まれている。

そんな七緒は、ニコニコと楽しげに言った。

「わたし、男の人と手を繋いで歩くの初めてかも」

「…………」

「わっ。疑わしい目」

「いや、だってなあ……」

普段の言動から漂う謎の百戦錬磨感に、和泉はへっと笑った。

「そういうあざといこと言ってれば男が喜ぶと思ってそう」

「わ、ひどいなー。和泉《いずみ》くん、わたしのこと誤解してるよー」

そんなことを言っている間に、絡めた指をニギニギして柔らかい刺激を与えてくるから本当に質《たち》が悪い。

そんなことを意識していると思われたくなくて、和泉は平静を装いながら言った。

「あざとい女子はみんなそう言う」

「ふうん。和泉くんはあざとい女の子は嫌い？」

「あくまで一般論として嫌いな男子いるの？」

「一般論として？」

「一般論として」

七緒《なお》はクスリと笑った。

「今日はすっごい素直」

「もうおまえに取り繕っても無駄だと悟ってるよ……」

初手はカウンターを食らい、皮肉も軽くいなされている。

また七緒のペースに乗せられていることに情けなさを覚えながら、和泉はため息交じりに言った。

「七緒みたいな可愛《かわい》い子からそんなこと言われたら、だいたい堕《お》ちるだろ」

「……っ!?」

と、繋《つな》いだはずの手が、慌てて解《ほど》かれた。

和泉が不思議に思って振り返ると……。

七緒が自身の髪を引き寄せて、真っ赤になった顔を隠すように震えていた。

……その何というか、ありていに言えばガチっぽい仕草に、つい脳がバグってしまう。

和泉が困惑していると、七緒が恨めしそうに唸《うな》った。

「も～……」

「何？　もしかして、ガチなの？」

「も～～～～～～～……」

「え、マジで……？」

七緒が恥ずかしそうに視線を逸《そ》らしながら、ボソッと呟《つぶや》いた。

「が、ガチって暴いて、どうしたいの、かなー……」

「…………」

和泉にも、その熱が伝染《うつ》った。

二人で顔を真っ赤にして沈黙し……和泉は気まずさに圧《お》し潰されそうになりながら、誤《ご》魔化《まか》すように頭を掻《か》いた。

「こういうの、言われ慣れてるかと……」

「そんなことないよ……」

その瞳が潤みながら、じっと見上げてくる。

「好きな人からは、ハジメテだよ？」

「うっ……」

そういうところだぞ、とは、さすがに言えなかった。

とにかく気まずすぎる雰囲気に、慌てて目的地も決めずに歩き出す。俯《うつむ》いて黙っている七緒《なお》に、和泉《いずみ》はどう会話を続けたらいいものかと悩む。

「えっと、その……」

そして大きなため息をついて、観念したように言った。

「七緒のこと可愛《かわい》いって思ってるのは、俺もガチだよ」

「………」

言ってから、あまりの気恥ずかしさにかあーっと顔が赤くなる。

七緒はぽかんとした顔で、その様子を見つめていた。……が、すぐにクスリと笑って、
普段通りの雰囲気になって言う。

「なら、なんで付き合ってくれないの？」

「それとこれとは別だろ……」

「えー。まずはお試しでもいいんだけどなー？」

「おまえ、年頃の娘さんがそういうこと気軽に言うなよ！　俺が悪い男だったら、どうするつもりだ⁉」

「和泉くん。そういうところ本当に律儀だよねー」

目を細めて、じっと上目遣いに答えた。

「和泉くんだったら、悪い人でも平気だよ？」

「………………」

すっかり調子は戻ったが、それはそれで和泉にとっては歓迎できる状態ではないようだ。

「今日はブラック禁止な」

「えー。そのブラックっていうの何なのー？」

「七緒の内に隠されたもうひとりの人格」

「わたしが知らないのに？」

穏やかに笑う七緒を見つめながら、和泉はぼんやりと昔を思い出していた。


『――役立たずめ』

もう何年も前のことなのに、未《いま》だに一言一句思い出せることに、和泉《いずみ》は軽い自己嫌悪を覚える。

「俺は、自分に他人の時間を使わせるような価値があると思ってないだけだよ」

「え？」

七緒《ななお》が不思議そうな顔で振り返った。

しかしそれには答えずに、和泉はスマホでインスタを立ち上げる。

「ところで何食う？　俺、いくつか行ってみたい店あるんだけど」

「わっ。切り替え早っ」

「腹減ってるんです〜。俺はバイト帰りだぞ〜」

「あ、そうだったね。えっと……」

……と、その七緒が、なぜかちらと後ろを見た。

「七緒？　どうした？」

「…………」

七緒は視線を戻すと、神妙な様子で聞いてきた。

「ねえ、和泉くん。……今日は一人で来たんだよね？」

「何だそれ。そりゃ、一人だろ？」

七緒と違って、バイト先からそのまま来たのだ。他に連れがいるはずもない。

和泉はその言葉の意味を考え……ちょっと揶揄《からか》うように言った。

「もしかして、七緒は人と違うものが見えるタイプか？」

すると七緒が、可笑《おか》しそうにプッと噴き出した。

「そうだよー。和泉くんの背後には、いつもお祖父《じい》ちゃんの守護霊がいるんだよー？　いまは和泉くんに『お昼は米を食べさせなさい』って囁《ささや》いてるかなー？」

「うちの祖父は、まだ健在だ……」

苦笑しながら、インスタの中で米の店をチョイスする。電話をしてみると、ピークを過ぎた時間ということもあって席は空いているようだ。

とりあえずその店を目指すことにした。


その二人の背後に、怪しい人影があった。

四つ。

その全員が凄《すさ》まじく可愛《かわい》い容姿をしており、道行く人々が必ず振り返るほどであった。

学園のアイドル・天崎雨音《あまさきあまね》。

氷姫《こおりひめ》こと生徒会長・白菊白亜《しらぎくはくあ》。

そして悪魔ちゃんと呼ばれる新星・春日波留《かすがはる》。

学園でも有名な恋愛強者《メインヒロイン》が揃《そろ》い踏《ぶ》みであった。それが和気あいあいとしているならまだしも、妙に緊迫した空気が漂っているから圧だけがすごいのだ。

そんな中、なぜか強引に付き合わされた堂本祈《どうもといのり》である。

（なんであたしも連れてこられたんだろ～……）

本当になんでだろうな……。

先日の放課後。

親友である波留をなだめようとしていると、なぜか学園でも屈指の美少女として名高い雨音《あまね》と白亜《はくあ》に引きずられていき、こうして和泉《いずみ》たちのデートを白状させられた。

……まではいいのだが、なぜかこうしてデートを尾行する流れになってしまったのである。

こういうときに謎のリーダーシップを発揮できる雨音が、ぐっと拳を握り締めて清々《すがすが》しく宣言した。

「いい？　今日の目的は、和泉っちが高校生の身分にふさわしい清く正しいデートをしているかチェックすることだよ！　いわば七緒《なお》っちを守ること！　いいね!?」

「え？　そういう流れでしたっけ～？　確か和泉せんぱいのデートを邪魔してやろう的な話だったような～……」

祈の記憶だと、明らかに和泉のことを好きな女子どもが結託して、デートをぶっ壊してやろうという空気だったはずだが……。というか、そこに波留が妙なシンパシーを感じて仲間に引き込まれてしまったのだ。

白亜が『氷姫《こおりひめ》』の異名を持つ美しい微笑を浮かべた。

「フフッ。祈さんは面白い冗談を言いますね。わたくしたちが、そのような非道な真似《まね》をするはずがありませんよ？」

波留もうんうんとうなずく。

「祈、ちょっと妄想入ることある。気を付けたほうがいい」

これまでの自身の行いを忘れ去ったかのような善人ぶった発言を垂れ流している三人を見つめながら、強引に悪者にされた祈はピーンときた。

（あ〜。時間があいて、冷静になっちゃったのか〜……）

どうやら他人のデートをぶっ壊すなど、恋敵というか、もはや人としてヤバいということに気づいてしまったらしい。

とはいえ、このまま素直にデートをさせるのも気が引けるし、一人で行動を起こすのも躊躇《ためら》われる……。

そんな鶏肉《とりにく》魂を持った女たちは、こうして中身がなさすぎる落としどころに縋《すが》ってしまったのだ！

雨音《あまね》が和泉《いずみ》たちの後ろ姿を確認しながら、元気よく言った。

「よーし！　それじゃあ、行っくぞ〜っ！」

「「おーっ！」」

こうして醜い負けヒロイン連合が、早くも形骸化したミッションをスタートさせるのであった！

（あたし、帰っていいかな〜……）

当然、祈《いのり》の心の声に答えてくれる人は誰もいない！


駅から少し歩いたテナントビルである。

そこに入っているのはスパイスカレーが評判のカレー店。ほどほどに異国感、ほどほどにボリューミー。そして米。

和泉と七緒《ななお》が向かい合うテーブル。

二人はメニュー表を眺めながら、どっちにするか話していた。

「カレーはチキンとポークで選ぶ感じか」

「あ、ルーローハンもある」

「台湾の角煮ご飯だっけ？」

「あ〜どうしよ〜。すごく迷うかも……」

七緒はそわそわしながらメニュー表を行ったり来たりしている。

「…………」

その様子を眺めていた和泉が、なんだか珍しいものを見るように言った。

「なんか意外だな」

「え？　何が？」

「七緒って、何でもパッパと決めちゃいそうなタイプだと思ってたからさ」

「そんなことないよ〜。わたし、けっこう優柔不断だよ？」

「そうなの？」

「地元でご飯とか食べに行くとき、いつも最後まで迷って友だちに怒られてたもん」

「ええ……想像できん……」

和泉にとってはそうであった。

そもそも和泉から見た七緒は、自分の感情に恐ろしく素直な女であった。何ならお昼はメニュー表を見る前に決めていそうだ。

その言葉に、七緒は苦笑した。

「いつも自分の言いたいこと言えなくて、みんなのこと心配させてたなー」

「え。それ笑うところ……？」

「うわ。和泉《いずみ》くんひどい」

「学校での様子を見て、そんなの信じられないだろ」

「そんなことないよ」

七緒《なお》がメニュー表で口元を隠しながら、ちょっと上目遣いに見つめる。

この、こちらの様子を窺《うかが》うような視線……和泉は自身の心が見透かされているようで、少し苦手であった。

「和泉くんの前だけ、わたしはトクベツな女の子になれるんだよ？」

「うっ……」

和泉が視線を逸《そ》らすと、七緒は少し楽しげに言う。

「和泉くん、また照れてる？」

「て、照れてない。それより何食べるか決めろよ……」

向こうの団体席で「ぶふうっ」と水を噴き出す音が聞こえたが、こちらからは仕切りのせいで見えなかった。変な客がいるんだなあ、と和泉はのんきに思っていた。

「和泉くんは、どれにする？」

「スパイスカレーの二種類合いがけ」

「うわ〜、ワイルド」

「どっちもうまそうだからな」

「うーん……」

七緒はメニュー表とにらめっこを繰り返して……。

「じゃあ、わたしはルーローハンにする。半熟卵付き」

「了解」

注文をして、間もなく食事がやってきた。

スパイスカレー。

華やかな見た目も相まって、近年、若い世代を中心に人気が高まっている。

スパイスによる健康志向もさることながら、ご飯とルゥだけではなく色とりどりのピクルスや生野菜のサラダなどが一皿に盛りつけられる異国情緒が溢《あふ》れる一品である。

食事の見た目は大事である。

それは和泉たちも例に漏れず、七緒が非常に目を輝かせて言った。

「す、すごく美味《おい》しそ～……」

「いや、ルーローハンも美味《うま》そうだぞ」

「そうなんだよねー。こんなの選べないよー」

「まあ、気持ちはわかるけど」

和泉は苦笑しながら、何気なく言った。

「こっちも一口、食うか?」

「え?　いいの!?」

七緒《なお》が驚いた風だったので、逆に和泉《いずみ》がドキッとしてしまう。

(しまった。なんか七緒に毒されている感あるな……)

しかし言ってしまったものは戻らない。

七緒は嬉《うれ》しそうに、口を開けた。

「あーん」

「おい。食べさせるとは言ってないぞ」

「あーん」

「絶対に優柔不断じゃないだろ!?」

それでも頑《かたく》なに「あーん?」の姿勢を崩さない。こうなったら梃子《てこ》でも動かない……というのをわかっているので、和泉は仕方なくスプーンでカレーを掬《すく》った。調教が順調に進んでいることを、残念ながら自覚していない。

「ほら。こぼれるとマズいから、動くなよ……」

妙に緊張する。

この前は昼休みに「あーん?」されたが、自分から女子にこんなことをするのは初めてのことだ。この距離感……意外に掴《つか》みづらく難しい。

（いや、何を緊張してんだ。七緒だって普段から……）

と、高を括《くく》ろうとしたとき……。

「っ!?」

和泉は気づいた。

この「あーん？」をしている体勢の、隠された難関。


七緒の口の中が、はっきりと見えるのだ。


真っ白く歯並びのよい口内。

可愛《かわい》らしい舌も見える。

何より無防備に弱点を曝《さら》け出しているという事実。

（な、なんだろう。すごく悪いことをしてる気分……）

女の子の口の中に、何かを入れる。

ものすごく後ろめたいことをしているような気がしていた。

七緒のほうは訝《いぶか》しげに首をかしげた。

「和泉くん？」

「あ、いや、その……」

まさか食べさせるのにビビッていると言えるはずもなく。

和泉《いずみ》は慌ててスプーンを七緒《ななお》の口へと入れる。スプーンをぺろりと舐《な》める感覚が、なぜか和泉の手に伝わるような気がした。

それを食べると、七緒は屈託なく笑った。

「和泉くんの、美味《おい》しいね」

「そ、それはよかったな……」

つい視線を逸《そ》らすと、七緒は不思議そうに聞いてくる。

「どうしたの？　なんか顔、赤いけど」

「いや、何でもない」

七緒は「ふーん？」と和泉の様子を窺《うかが》っていたが……やがて心境を見透かすかのような悪戯《いたずら》っぽい視線を向ける。

「好きな人に『あーん？』するの、けっこう恥ずかしいよね？」

「……っ!?」

心のうちを見透かされ、和泉が慌てて目を逸らした。

「お、俺は好きってわけじゃ……」

「ふーん？　その割に、耳まで赤いけど？」

真っ赤になった耳を押さえて、和泉が恨みがましく見る。それに対して、七緒はしれっとした顔で、自身のルーローハンをスプーンですくった。

そして妙に試すような上目遣いで、それを差し出した。

「はい。お返し」

「い、いや、俺はいい……」

「ブラックのわたしでなければいいんでしょ？」

「あっ！　やっぱり意味わかってんじゃねえか！」

何やら向こうの団体席が騒いでいるが、和泉はそれどころではなかった。向こうも何かトラブってんのかなあ、くらいの認識であった。

（こいつが優柔不断とか、マジで嘘《うそ》だろ……）

和泉はお返しの「あーん？」を断固として拒否すると、自身の食事を進めた。


同じ店内。

視点は仕切りの向こうの団体席へ。

四人がけのテーブルで、雨音《あまね》たち四人は何やら鬼気迫る様子でメニュー表を睨《にら》みつけていた。

雨音《あまね》、白亜《はくあ》、波留《はる》……そして祈《いのり》（とばっちり）。

期せずして和泉《いずみ》という共通点で繋《つな》がってしまった恋愛強者《メインヒロイン》たちは、一時的に志を同じくして、こうしてデートの邪魔……いや監視をしているわけだが。

和泉がチョイスしたこの店を見回しながら、雨音が神妙に呟《つぶや》いた。

「……悪くないですね」

白亜もうなずいた。

「……そうね。悪くないわ」

波留も概《おおむ》ね同意のようであった。

「……まあ、あの人にしてはまともですね」

下手に身構える必要がなく、かといってファストフード感も薄い。適度に客の空いた時間帯で、ゆっくりするのにもちょうどいい。

それが逆に、三人には複雑であった。

（（自分以外の女の子とのデートでいい感じなのはイヤあ〰〰〰っ！））

面倒くさい乙女心である。

そんな感じで悶《もだ》えている三人を眺めながら、祈は大きなため息をついた。

（店のチョイスがダサかったら、それはそれで嫌だとか言うくせに〜……）

一刻も早く帰りたいが、この状態で波留を置いて行ったら何をしでかすかわからない。

奢《おご》ってもらえると言うし、とりあえずご飯だけは食べて行こうの構えであった。

そもそもこの三人、こんな危険を冒してまで何をしたいのだろうか。そんな至極、当然の疑問を浮かべる。

そして、その三人の胸中は――。


（（（こ、これからどうしよ～……）））


紛《まぎ》れもなくノープランであった！

それはそうである。いっそデートを邪魔してやろうという強い意志が生きていたのなら話は違っただろう。

しかし現状、三人は微妙に冷静になってしまっているのだ。デートの邪魔をしたいなどという邪悪な意思を行動に移すには、ちょっと勢いが死にすぎてしまっていた。

三人で徒党を組んだがゆえの欠点。

他人の目がある以上、思い切った行動に出ることができないという落とし穴である！

先ほどのリーダーシップはどこへやら。雨音がヘラヘラとした態度で、メニュー表を渡した。

「か、かいちょーは何にします～？」

「そ、そうね。じゃあ、おススメのやつで……」

引きつった笑みを浮かべ合っている。

おそらく第三者が見ていれば「もう帰れよ」と言うだろうし、実際のところ本人たちも割と帰りたい気分であるのは間違いないだろう。

しかし和泉《いずみ》のデートが気になりすぎて、撤退に踏み切ることができない。なぜこの根気があって、素直にアタックすることができないのか。

「「………」」

各自が注文を終えると、また沈黙が下りた。

「え、え～っと……」

雨音《あまね》が困ったように何か話題を探している。

普段なら「ねえねえ、最近、うちの男子どう思う～?」みたいな鉄板の恋バナから入るのだが、さすがに今回はその手は使えない。下手をすれば血みどろの決闘に発展する可能性も捨てきれないのだ。

そのとき、向こうのテーブルからクスクスと秘密めいた笑い声が聞こえた!

『和泉くん、また照れてる?』

『て、照れてない。それより何食べるか決めろよ……』

――ガタガタガタッ！

三人が席を立って、衝立《ついたて》からあちらの様子を覗《のぞ》いた。

「あ〜っ！　和泉っち、なんであんな顔真っ赤にしてるんだよ〜っ！」

「和泉くん……いつからそんなチョロい子になってしまったの……」

「センパイ死ね……」

見事なまでの負けヒロインムーブに、部外者である祈《いのり》がため息をついた。

「……というか、みなさん気になるなら、いっそ向こうに合流しちゃえばいいんじゃないですか〜？」

「「「……っ!?」」」

神をも恐れぬような爆弾発言に、三人が驚愕《きょうがく》した。

「で、でも、それはちょっと……」

「そうよ。さすがにわたくしたちにもプライドというものが……」

「祈。そういうのよくない……」

プライドという言葉を今すぐググってほしい祈であった。

「みなさん、せんぱいとはもう長いんですか〜？」

当事者ではない強みから、グイグイ聞いていく。

祈《いのり》にとってはこのイベント……あくまで波留《はる》が暴走しないかと見守るだけである。となれば、正直なところ和泉《いずみ》と七緒《ななお》がどうなろうと知ったことではないし、この三人が喧嘩《けんか》しようが構わないのだ。天使というのは、自分がよければそれでいいものなのだ。

「センパイと……」

「和泉くんと……」

「和泉っちと……」

三人は目を合わせると、そろそろと席に戻った。

ついでにカレーも運ばれて来たので、大人しく食事に移った。スパイスの香りは人の心を奪うのだ。

話題の先陣を切ったのは、年長の白亜《はくあ》であった。

「わたくしは中学生の頃、初めて和泉くんと出会ったわ」

「許嫁《いいなずけ》だったんでしたっけ~？」

「そうね。和泉くんのご実家と、うちの会社が大きな提携を決めて、その流れで跡取り同士を……という感じかしら」

「イマドキ、そういうお話ってあるんですね~」

「昔ほど多いわけではないけど、あるところにはね。どれほど時代が進んでも、やっぱり義理の部分での繋《つな》がりは大事なものだから」

「でも『元』ってことは？」

「ぐ、グイグイくるわね。……まあ、あまり詳しくは話せないけど、和泉くんが向こうの会社の跡取り候補から降りてしまったのよ。うちのお父様が怒って、わたくしとの婚約も破棄してしまったの」

「ははあ～。ドラマみたいな展開ですね～」

そこで波留が、カレーを口に運びながら聞いた。

「婚約がなくなったのに、どうしてセンパイに構うんですか？　その話だと、お父様との関係も悪くなるように思うんですけど」

ズバッと指摘されて、白亜がボッと顔を赤らめた。

普段の毅然《きぜん》とした『氷姫《こおりひめ》』の姿からは想像できないような、恥ずかしそうな様子でモジモジと告げる。

「す、好きだからよ。わたくしは、最初から会社のために和泉くんと結婚したいとは思っていないわ」

「なんで？」

「な、なんでって……」

戸惑いながらも、あきらめたように小さくため息をつく。

ここにいる面子《メンツ》に、もはや取り繕っても無駄なことであった。

「や、優しいし、紳士だし。わたくしがお父様と揉《も》めることはしょっちゅうだけど、いつもわたくしの味方になってくれるわ。間に立って、お父様とアレコレ交渉してくれることも多かった。和泉《いずみ》くんだったら、一生、大事にしてくれるって思ってたら……その……」

さらに顔を真っ赤にして、モジモジと俯《うつむ》いてしまう。

学園での『氷姫《こおりひめ》』の彼女しか知らない生徒たちが見れば、おそらく目を疑うことであろう。まるで恋する乙女のような態度に、つい他の三人も「おぉ……」みたいな感じになってしまった。

……が。

白亜《はくあ》は自身のカレーのスプーンを握ると、何やら暗黒のオーラを立ち昇らせながら顔を上げた。

その笑顔は、すでに学園での『氷姫』のそれに戻ってしまっていた。ついでにこめかみにはくっきりと『💢』が浮き出ている。

「てっきり、わたくしのことが一番大事だからそうなのだと思っていたのだけど、そればかりは当てが外れてしまったようね……っ！」

「あの、かいちょー？　スプーン……スプーン……ぐにゃって曲がってますけど～？　かいちょー？」

闇堕《お》ちしそうな白亜を、慌てて引き戻した。

その白亜は取り繕うようにコホンと咳払《せきばら》いをする。

「波留《はる》さんは？　あなた、入学してまだ一か月も経《た》っていないわよね？」

「あ、波留は～……」

親友の祈《いのり》が、ちらっと波留のほうを窺《うかが》う。

もちろん波留が、そのような自分語りをするようなタイプではないのは知っている。ただ止めようともしなかったので、代わりに祈が話した。

「入学する前……まだ中学のときですけど、あたしがちょっと恐《こわ》い人たちにナンパされて、波留が止めようとしてくれたんです……」

「ええ？　それ、大丈夫だったのかしら？」

「あはは～。この子、口が悪いので、火に油って感じで～。それで波留にその、グループの一人が手を上げようとしたんですよ～」

ちらと波留を見た。

波留が恥ずかしそうに呟《つぶや》いた。

「……そのとき、センパイが助けてくれて……はい……」

そのときの光景を思い出したのか、その顔は真っ赤であった。運命のヒーローとの出会いを暴露されて消え入りたい気持ちである。

しかし、その話に驚いたのは雨音《あまね》であった。

「え。和泉《いずみ》っち、そういうキャラ!?」

普段のクラスでの和泉しか知らないので、そのリアクションも尤《もっと》もである。

しかし白亜《はくあ》のほうは、少し納得した様子であった。

「和泉くんは、そうするでしょう」

「ええっ!? 和泉っち、腕っぷしとか自信あるタイプでしたっけ!?」

「喧嘩《けんか》が強いかどうかは、わたくしも知らないけど。ただ和泉くんのお家《うち》って、ご両親がとても厳しい方なのよ。幼い頃から、良くも悪くも大人のような扱いを受けていて……正直、そこらのイキッてる男の子たちより、よほど怖い人たちに育てられてるから」

祈《いのり》が笑いながら、波留《はる》に話を続ける。

「それで高校入試のとき、せんぱいが受験生の引率してるの見つけてね～？」

「……う、うん」

運命を感じちゃったわけである。

ただ問題は、それを和泉が覚えてなかったことであった。なぜなら和泉にとっては、それほど大層なことをしたつもりはないのだ。なんとも罪作りな男である。

白亜、波留、と赤裸々に初恋トークを披露させられ……。

自然と最後の一人、雨音《あまね》に視線が集まってしまう。

「それで雨音さんは？」

「雨音センパイ、どうなんですか？」

白亜と波留に詰め寄られて、雨音がたじろぐ。

「あ、雨音は……」

そして二人と和泉の馴《な》れ初《そ》めを思い出しながら……。

何とも言えない恥ずかしさに頬《ほお》を染めながら、視線を逸《そ》らした。

「雨音がモデルの仕事で休んでる間の、授業のノート、作ってくれて……」

「「…………」」

先ほどの二人に比べて、何とも華のない回答である。

それは当然、雨音も感じていた。だからこそ正直に告げるのを躊躇《ためら》ったのだ。一瞬、脳裏に二人に馬鹿にされる未来が浮かんだ。

しかし二人は、穏やかな笑みを浮かべてうなずいていた。

「確かに和泉くんは、そういうことをして勘違いさせてしまうわね」

「まったく。下心がないのが逆に厄介ですよ」

その瞬間、雨音の胸に温かい気持ちが満ちた──。

それはシンパシー。

同じ男に惚《ほ》れているという、いわば恋敵の関係。本来ならばこのように同じ卓を囲むのも奇跡的なほどに忌み嫌い、いがみ合い、そして勝敗が決するまで戦うべき相手である。

しかし今、この三人は強烈なシンパシーによって結びついていた。昨日まで存在したバチバチとした敵意は消え、同志とも呼ぶべき固い絆《きずな》があった。

スパイスカレーを口に運びながら、白亜《はくあ》があの伝説的な友情譚《たん》を持ち出した。

「かつて中国の逸話で、桃園の誓いというものがあってね」

「え～っ！　かいちょー、そういうこと言っちゃうタイプなんですか～っ!?」

「いいじゃない。わたくしたち、すでに恥ずかしいところを白状し合って、もう取り繕うこともできないのよ」

「……私はいいと思います」

歴史的な偉人に自らを例える。

それはある意味で、この友情がそれほど強固なものであるというアピールに他ならない。

とはいえ、これはヒロインレース。

三人の間に結ばれるのは、死でしか引き裂けぬという協力関係ではない。

それは――。

「誰が勝っても、恨みっこなしよ」

「はい！」

「わかってます」

これが一人の男を巡る、女たちの友情。

いつか誰かが勝利し、道を分かつとわかっていようとも。

儚《はかな》くも美しい絆が、ここには存在した。

……だがいい雰囲気に誤魔化《ごまか》されて、大事なことを忘れては困る。

ここで偉人を気取って、ヒロインレースを盛り上げんとする三人の美少女。


——こいつら全員、負けヒロインなのである！


今、現在！

その和泉《いずみ》とデートの権利を遂行しているのは、ここにいる人気モデルでも、大企業のご令嬢でも、ツンデレな後輩でもない。

七瀬七緒《ななせななお》である！

こんな熱い友情劇を繰り広げるテーブルの向こうで、和泉に「あ～ん？」されて、彼をドギマギさせているのは誰か？

七瀬七緒である！

そのことをすっかり忘れ……いや、あえて忘れたいと思っているのかもしれない。無意識下において、このデート尾行という間違いなく無駄な時間を正当化して、何かしら実りある一日だったと思いたいだけなのかもしれない。

そこら辺の心の機微はさておき、とにかく本人たちにとっては、眩《まばゆ》いほどに美しくも、激しく脈打つ激動の友情譚《たん》である。

そんな感じで、自分たちの敗北を否定したいだけなのである！

そのことを一人だけわかっている、部外者の祈《いのり》は――。

（なんかおもしろいから、しばらくこのまま見てよ～っと）

完全にバラエティ鑑賞の気分であった。

そして自分たちが見世物として扱われていることに気づかない、哀れな負けヒロインたちは――。

「うふふ。もっと早く二人に出会いたかったわ」

「白菊《しらぎく》センパイ、私もです！」

「かいちょー、波留《はる》っち、ライン交換しよーっ」

「このあと、みんなでお買い物でも行きましょうか？」

「「異議なし！」」

もはや最初の目的を見失った負けヒロインたちを横目に、祈は「あ、せんぱいたちお会計済ませて出ていきましたよ～」という言葉を飲み込んだのであった。

和泉《いずみ》と七緒《なな お》は、食事を終えると駅前に戻った。

和泉がスマホで時間を確認しながら、七緒に聞いてみる。

「てか、東京《とうきよう》案内だろ？　どこか行きたいとこある？」

「うーん……」

七緒は神妙な顔になって、内なる欲望と向き合っていた。そして結論を出すと、目を輝かせながら言った。

「メイド喫茶」

「マジかよ」

「可愛《かわい》い女の子に、お嬢様って言われたいな」

「へえ、そういうのイケる口なのか」

近くのメイド喫茶を、スマホで検索する。

「一応、あるみたいだな」

すると七緒が、何やら可愛らしく悶《もだ》えている。

「あ〜。でも執事喫茶も気になるかも〜……」

「喫茶推しがすごいじゃん」

「猫カフェも行きたいんだよね～……」

「もしかして喉渇いてる？」

「あ、確かにそうかも～……」

お昼のスパイスは、どうやら思ったより水分を奪っていったらしい。

「スタバは行かなくていいのか？」

と、なぜか七緒《なお》が『スン……』と無表情になった。

「和泉《いずみ》くん。さすがに地方を馬鹿にしすぎだよ」

「今の怒られる要素あった……？」

どうやら七緒の地元にもあるようだ。全国チェーン展開を甘く見すぎていた。

う～んう～ん、と悩んでいる七緒を眺めながら、和泉は考えた。

（もしかして、マジで優柔不断……？）

けっこう……いや、かなり意外であった。少なくとも学園では、こんなにアレコレ迷ってる七緒を見たことはない。

てっきり今日は、もっと七緒先導で連れ回されるものかと思っていた。割と身構えてきただけに、やや肩透かしのような気もする。

それで少し気が緩んだ和泉は、フッといつもの調子で言った。

「ま、お嬢様って言葉くらいなら、俺がいくらでも言ってやるぜ？」

「え？　ほんとに!?」

「おっとぅ。まさかの前向きなリアクション……」

言わされるのか？

学園で言わされちゃったりしちゃうのか？

新たな黒歴史の予感に、和泉はガクガク震えた。

「てか、行きたいとこ決まってないなら、なんで今日は出かけたいなんて言ったんだ？」

すると七緒が、きょとんとした顔で言った。

「和泉くんと一緒にいたかっただけ、だよ？」

「うっ……」

和泉は顔を真っ赤にした。

（そこは迷わねえのかよ!?）

慌てて顔を逸《そ》らした。

「と、とりあえず行きたいとこないなら、適当にぶらつくか？」

「でも～……」

なおも迷う七緒に、和泉はため息をついた。

「また行きたいとこ決まったら、いくらでも付き合ってやるから」

「…………」

と、なぜか七緒《ななお》が黙って自分を見ている。

それがやけに気恥ずかしくて、つい視線を逸《そ》らした。

「な、なんだよ……」

「んーん。和泉《いずみ》くん、また遊んでくれるんだなーって思っただけ」

改めてそんなことを言われると、どうにも気を持たせているようで後ろめたい。いや、実際のところそうなのかもしれない。

友だち、というのはいい方便だ。

相手が自身に好意を抱いているのがわかっている以上、和泉の行動は決して褒められたことではない。

それでも和泉は、強く拒めない。

まあ、七緒もそれをわかった上で、こうしている節はあるが。そういう意味では、お互い様だ。

駅前のストリートを歩きながら、色々と物色していく。

「あっ。あのクレープ屋さん、美味《おい》しそう」

「あれ先月、オープンしたところだな。北海道産のクリームがうまいらしいぞ」

「へー。あそこのお店は？　なんか看板見ても、よくわかんないけど」

「ちょっと待ってろ。……ああ、ライブハウスだってよ。七緒は音楽とか興味ある？」

「うーん。流行《はや》ってるのは聴くけど、これといって好きなグループはないかな。地元の友だちが、たまに音楽流れる動画アプリ使ってたから一緒に撮ったり？」

「へえ。動画アプリ？　意外だな」

「見る？」

「いいのか？」

　その動画アプリで、七緒が友だちと映っているという動画を見た。女子数名が、音楽に合わせて同じ振り付けを踊っていた。

「ああ。この謎ダンス、前に流行ってたなあ」

「あはは。乗っかっちゃったー」

「てか、全然合ってねえな。すげえ雑」

「十回くらい撮り直したんだけど、結局、これが一番よかったんだよー」

　そんな話をしながら歩いていく。

　すると七緒が、ふいにこんなことを言った。

「和泉くんって、けっこうテキパキしてるよね」

「そうか？」

「だって今日、和泉くんのおかげですごいスムーズに進んでるもん。さっきのご飯も、すごく美味《おい》しかったし。ああいうお店のインスタとかさらっと出してくる人すごいと思うな。わたし、いつもどこ行くか悩んでるうちに一日が終わっちゃうから」

「まあ、さっきの様子じゃなあ……」

決して否定しない和泉《いずみ》に、七緒《ななお》が軽く頰《ほお》を膨らませた。

「も〰〰〰〰〰……」

「冗談だって。……まあ、俺がそう見えるなら何のことはない。昔取った杵柄《きねづか》ってやつだ」

ふと思い出したのは、高校に進学する頃のことだ。

両親から、家を出されるときに言われた言葉は、今でも脳裏に焼き付いている。……もう割り切ったと思っていたが、案外、そういうことはないらしい。

自虐気味に、和泉は言った。

「俺には、人を驚かせるほどの才能がなかった。だから、誰でもできることを頑張るようにしたんだ。……ま、結局は無駄な努力だったけどな」

「……ふーん？」

七緒の視線から逃げるように、和泉は視線を彷徨《さまよ》わせた。すると前方に、ここら辺では有名なテナントビルが目に入る。

「そこ入ってみるか？」

「あ、ここテレビで見たことあるかも」

そのテナントビルには、多くのセレクトショップが入っていた。九割はファッション関係。休日ということもあり、この時間帯でもたくさんの人々が商品を物色している。

まずはレディスフロアを見て回った。

「こういうところはあまり来ないけど、けっこういいな」

「あれ？　変態さん？」

「ち、違うって。なんつーか、その……つい癖で」

確かにレディスのセレクトショップが並ぶ場所で、いまの発言はよろしくなかった。和泉は気まずそうに頭を掻《か》いた。なんか改めて言われると、このフロアに男の自分がいるのはよくないような気がしてしまう。

「うちの実家も、けっこうでかい商社なんだよ。こういうところに来ると、つい色々と目につくからな……」

「そういえば生徒会長さんが、元許嫁《いいなずけ》だって言ってたね」

「まあな。そのときの縁で、いまでも白菊《しらぎく》先輩にはよくしてもらってるけど……」

和泉の言葉に、七緒が少し考える仕草を見せた。それから、少し遠慮がちにその名称を口にした。

「もしかして『SUMIE《スミエ》グループ』のこと？」

「そうだな」

あっさりと肯定する和泉《いずみ》に、七緒《ななお》は目を丸くする。

「あ、けっこう普通なんだね？」

「クラスの連中とか、普通に知ってるしな。別に隠してるわけでもないし」

よく揶揄《からか》われる「和泉は顔と家柄だけ」というのは、この点を指していた。

和泉の実家である『SUMIE グループ』は、今や世界規模の商社だ。そんな家の長男が、あんな平凡な都立高校に通っていれば、自然と話題に上がることも多いだろう。

「じゃあ、生徒会長さんみたいに跡取りになるの？」

「いや。実家は妹が継ぐことになってるんだよ。あいつのほうが親父《おやじ》たちに気に入られてるし、実際に才能あるからな。俺は半分勘当というか……」

「え？　勘当？」

「高校生がマンションに一人暮らしするなんて、なんか訳ありに決まってんだろ」

「ふうん？　……それも、けっこう普通な感じなの？」

和泉は少し考えて……。

「ま、向き不向きばかりはなあ。うちの会社には、数えられないほどの人間の生活が懸かってる。そういう意味じゃ、俺を選ばなかった両親は名君だな」

和泉は会話の内容を変えるために、セレクトショップのマネキンに目をやった。事前に調べていた通り、すでに今年の夏の新作が派手に飾られている。

「今年のトレンドは、パステルブルーがくるらしいな」

「あ、確かにマネキンも淡い感じの青が多いね」

「雑誌の受け売りだけど」

「へえー。女の子のファッション雑誌も見るんだね」

「……変態じゃねえよ？」

するとと七緒が、クスクス笑った。

「ごめん、ごめん。和泉くん、マメだなーって」

「それくらいなら、そんなに手間もかからないからな。うちのクラスの雨音《あまね》とかと話すときに、こういうネタが盛り上がるんだよ」

「ふうん。雨音さん、ね？」

なぜかじっとりした視線を向けられた。

「な、なんだよ……」

「なんでもないよーだ」

なぜか機嫌を損ねた……ような気がした。

和泉は誤魔化《ごまか》すように、ショーウインドーに飾ってあるブラウスを指さした。

「七緒《なお》には、ああいうのが似合いそうだな」

「あ、わたし好きかも。着てみていい？」

「もちろん。待ってるよ」

七緒はご機嫌そうに、そのブラウスを手にする。

和泉《いずみ》がふうっと一安心すると、ふとその耳元に唇を近づけてきた。

「今回は機嫌、直してあげるね？」

「うっ……」

見透かされて、和泉は口ごもった。

七緒は小さく手を振って、試着室に入っていった。それを微妙に気まずい気持ちでスマホを眺めながら待つ。

（七緒は……）

和泉は、ふと考える。

（なんでこんなに俺のことが好きなんだろうな）

この好意が、おそらく偽物ではないことはわかっていた。

幼い頃からアレコレと大人の世界に片足を突っ込んだ生活をしていたのだ。それなりに人を見る目はあるつもりだ。

（実家絡み……じゃないよな。もしそっち関係の人間だったら、うちの妹が身辺調査とか

しそうだな)

　試着室から衣擦《きぬず》れの音が続き、やがて中から七緒の声がする。

「和泉くん。いる？」

「いるよ」

　ごそごそと、さらに着替えの音がして……。

「和泉くん。いる？」

「いるよ」

　と、シャッとカーテンの間から、七緒が顔だけ出した。なぜかちょっと不機嫌そうに片頬《ほお》を膨らませて言うには……。

「もうちょっと恥じらってるほうがいいかなー。男の子なんだから、女の子のお店ではソワソワしてほしいかも」

「なんかごめんな……？」

　ニッチな注文を付けられて、和泉は苦笑した。

「和泉くん。こういうところは恥ずかしくないの？」

「え？」

　周囲を見回すと、綺麗《きれい》な女性スタッフやら女性客が、何やら微笑《ほほえ》ましそうにこっちをチラ見している。

「ああ……いや、全然」

「ええっ」

「すごい驚かれてる……」

「だって、いつもは顔真っ赤にしてるのにー」

「着替えるの待ってるだけだろ？」

「ええ……じゃあ、下着売り場、とかでも？」

「いや、それはちょっと話が違くねえか……？」

向かい側にはランジェリーショップがあった。そもそも女性客がメインターゲットと割り切っており、店先から華やかな下着が並んでいる。

さすがに男子高校生が一人で入るには恥を捨てすぎであったが……。

「でもまあ、しなきゃいけないならやるかな……」

「え。できるの？」

七緒《なお》の疑問に、和泉《いずみ》は笑った。

「俺が下着売り場をうろついたって、店の人にちょっと困った顔されておしまいだ。だから別に大丈夫」

「なんか和泉くんらしからぬ鉄メンタル……」

「自慢じゃないが、俺はけっこうメンタル強いぞ。じゃなきゃ、普段から子猫ちゃんなんて言ってねえだろ」

「あ、やっぱりアレって演技なんだ？」

「あんなアホやってれば、必要以上に親しくなろうと思わねえからな」

と、和泉は困ったような視線を向ける。

「一名を除いて」

「…………」

その言葉の意図するところを察して、七緒は目を丸くする。

和泉は気まずそうに、頭を掻《か》きながら言った。

「だから、七緒のことはちょっと苦手だよ。どんな顔して話せばいいか、たまにわかんなくなる」

「…………」

その言葉の意味を、七緒はちゃんと理解したようでる。

何やらニマニマとした顔で、じーっと和泉の顔を見上げてきた。

「ふーん？」

「え？　いや何、してやったり顔？」

「ふ〰〰ん？」

「だからブラックは無しの約束だろ!?」

和泉《いずみ》が顔を赤くしていると、七緒《ななお》がカーテンを開けた。

そして和泉が似合うと言ったブラウスを、控えめに披露してみせる。涼やかなパステルブルーの可愛《かわい》らしいデザインだ。

「どうかな？」

「いいじゃん。似合ってるよ」

なんとも陳腐だなあ、と和泉は自分の褒め言葉に呆《あき》れてしまった。これでは小学生の感想と変わらないではないか。

しかし七緒は、ちょっと恥ずかしそうに頬《ほお》を染めていた。それを隠すように口元を手で覆いながら、ちらと上目遣いに微笑《ほほえ》む。

「あ、アハハ。……もう一回、聞きたいかも」

「ええ。いやその……」

まさかのアンコールである。

途端、急に和泉も恥ずかしくなってくる。さっきまで気にならなかったはずの周囲の視線が、妙にねちっこく感じる。

……だから、七緒は少し苦手なのだ。彼女が絡むと、平気だったものが平気ではなくなるような感覚があるのだ。

和泉は少し視線を逸《そ》らしながら言った。

「と、とても可愛いっす……」

七緒は嬉《うれ》しそうに微笑んだ。

「ありがとう。すごく嬉しいな」

その自然な笑顔に、和泉は胸が締め付けられるような気がした。

その他にもいくつか試着を終えると、七緒は最初のブラウスを持ってレジを指さす。

「買ってくるから、ちょっと待ってね」

「え。買うの？」

「もちろん。和泉くんが選んでくれたやつだし、着回しも便利そう」

「じゃあ俺が……」

「いいよー。わたしが着るものだし……」

と、七緒が何かを思いついたような顔になる。にこやかに微笑むと、そーっと和泉に近づいてきた。

和泉は嫌な予感を覚えて後退《あとずさ》るが、その手を取って引き寄せられてしまった。

「もしかして、俺の前だけで着てくれ、ってことかな？」

「……っ!?」

和泉の顔が、かーっと赤くなる。

そのリアクションに大変、気をよくしたのか。普段はここで終わるところで、七緒はさらに追撃を試みてきた。

「和泉《いずみ》くんが欲しいなら、あっちも選んじゃおっか？」

「え？」

その視線の先――向かいのランジェリーショップであった。

「あ、アホか！　さっさと買ってこい！」

「あっち？」

「ち、違う！　そのブラウスだよ！」

七緒《ななお》はクスクスと微笑《ほほえ》みながら、レジのほうへと行ってしまった。

和泉はさすがに周囲の視線が気になり過ぎて、先にセレクトショップを出た。その際、向かいのランジェリーショップの店頭に飾ってあった下着が目に入る。

黒の、こう、けっこうきわどいやつ。一瞬、それを七緒が着ている映像が脳裏を過《よぎ》ってしまい……。

「……っ！」

ぶんぶんと頭を振った。

（ほんと、あいつの前だと調子くるうな！）

💣💣💣

夕刻——。

雨音《あまね》はご機嫌であった。

肩にはセレクトショップの紙袋をいくつも提げて、手にはスタバの新作を装備。これ以上ないくらいに雨音のスタンダードスタイルである。

(いや〜、今日はたくさん買い物しちゃった〜♪)

カレー店を出た後、みんなで遊びまくってこの時間である。

すっかり三人は意気投合し、まるで本当に義兄弟の契りを結んだかのようであった。

(最初はどうなることかと思ったけど、ほんと友だちになれてよかった〜)

今は現地解散し、雨音は駅に向かっていた。

その途中、女子高生のグループに呼び止められる。

「もしかして雨音ちゃんですか?」

「うわ、本物だ」

「すごーい。顔ちいさーい!」

「応援してます!」

すっかり褒められて、雨音のご機嫌度はさらに上昇していた。

改札を通り、ホームに到着し、帰りの電車を待つ。休日ということもあって混んでいたけど、雨音《あまね》はニコニコ嬉《うれ》しそうであった。

スタバの新作をズボーッと飲み干して、ゴミ箱にインする。

「雨音、これはキてるかもしれんね！」

ドヤーン、と虚空に向かってポーズを決めた瞬間。


（——ってバカ!!）


雨音はその場に項垂《うなだ》れた。

一息ついたことで、完全に冷静になってしまった。自分は今日、何をしに来たのだ？

和泉《いずみ》のデートを監視するはずではなかったのか。

（な、何してんだよ〜っ！　雨音、これじゃあ普通に遊んでただけじゃ〜ん！）

そうだぞ。

（白亜《はくあ》さんと波留《はる》っちと仲よくなれたのは嬉しいけど！　そもそも雨音たち、みんな七緒《ななお》っちに負けてるんじゃん！　七緒っちを倒す計画とか一緒に考えなきゃいけないはずじゃ〜ん！）

ここにきて、ようやく建設的な意見を閃《ひらめ》くのだから救えなかった。

ホームのベンチに座り、はあっとため息をつく。それからぼんやりと、多くの人が行き交う様子を眺めていた。

（……このままガッカリしててもしょうがないか）

白亜たちとの気晴らしができたことで、少しだけ前向きであった。

そういう意味では、今日はまったく無意味というわけではなかったのだろう。雨音はぐっと拳を握り締めて、天に向かって決意を固めた。

（まだ間に合うはず！　七緒っちが転校してきて一週間だし。ここから雨音だって、頑張って和泉っちに意識してもらえる女になれば……）

闘志をメラメラ燃やしていると。

（あれ？）

向かいのホームに、ふと見知った顔を見つけた。

なんと和泉と七緒であった。

何という偶然だろうか。どうやら二人も、デートを終えて帰途に就くようである。

先ほど決意を固めたことで、少し気が大きくなっていた。

（……よーし。いっそ偶然を装って、声でもかけちゃろうかな！）

雨音は立ち上がると、いそいそと反対側のホームへ向かおうとした。

——そのときである。

向かいのホームにいる和泉《いずみ》たちに動きがあった。

何事かを話していると思うと、ふと七緒《ななお》が踵《かかと》を浮かした。

そして――和泉の頬《ほお》に、そっと唇を押し付けたのである。


「――――」

雨音《あまね》の思考が停止した。

それはもう見事に、魂がドカーンと吹っ飛んでどこかへと行ってしまったのである。そして抜け殻と化した目が、そのまま和泉たちを凝視する。

和泉が顔を真っ赤にして、慌てて何かを言っていた。

しかしその様子は……どうも嫌がっているようには見えない。むしろ新米カップルのイチャイチャ感がすごくて、なんというか……雨音は見たくなかった。

(ほんとに、まだ間に合うのかな……)

雨音の胸の内に灯《とも》った疑問に、答えてくれるものはいなかった。

X／近くて遠い言葉たち

月曜日。

学園は平和であった。

概《おおむ》ね平和であった。

……まあ、ごく一部を除いて平和であった。

「え？　雨音、どうしたん……？」

「さあ？　なんか沈んでるけど……」

「珍しいよねえ……」

「モデルの仕事で何かあったのかな……」

クラスメイトたちは、一様に雨音の様子を窺《うかが》っている。

それもそのはず。

登校してきてから、ずう〰〰っと机に突っ伏しているのだ。周囲に隠し切れないドロドロとしたオーラを垂れ流し、友だちが話しかけても抜け殻であった。

いつでも明るく完璧なアイドルの消沈。

クラスメイトたちは困惑し、教室の雰囲気もよろしくなかった。

そこへ登校してきたのが、何も知らない和泉《いずみ》である。

「はよーす」

「あ、青春ハッピー野郎！」

「え？　それ悪口なの？　どう受け取ればいいの？」

佐藤《さとう》とそんな会話をしていると、和泉の後ろから七緒《ななお》が顔を出した。

「和泉くん。どうしたの？」

「当然のように他のクラスにいるじゃん……」

もはや驚かない和泉であった。

その七緒の登場に、教室がにわかに活気づく。もはやクラスにおける七緒勢力は盤石であった。隣のクラスだけど。

「七瀬《ななせ》さん！　おはよう！」

「おはよー。みんなちょっと暗いけど、どうしたの？」

クラスメイトたちが、雨音《あまね》に視線を移した。

この教室で負の瘴気《しょうき》を放っているのは、確かにこの机である。あと一週間くらいこのままにしておけば、新種のキノコとかも生えてきそうな雰囲気であった。

「今朝、登校してきてから、この調子なんだよ。和泉は何か知ってるか？」

「さあ……？」

和泉にしてみれば、本気で身に覚えのないことである。

やはり他のクラスメイトと同じように「モデルの仕事で何かあったのか？」という推測へとたどり着く。

（でも、こんな人前で凹《へこ》むほど落ち込んでるの見たことねえな……）

と、その雨音。

突然、ガバッと身体《からだ》を起こすと、ふと和泉たちに視線を向ける。

それから慌てたように席を立つと、鞄《かばん》から財布を取り出した。

「あ、あはは。雨音、ちょっと自販機に行ってくる〜」

誰に向けたかわからない言い訳を述べると、そそくさと教室を出て行った。

「…………」

「…………」

和泉はそれを見送ると……七緒に耳打ちした。

「七緒。おまえ、雨音になんかした？」

「んー……」

七緒は少しだけ考えるそぶりを見せた。

それからにこりと微笑《ほほえ》むと、その問いを否定する。

「んーん。わからないかも」

「そっか」

その七緒《ななお》の嘘《うそ》くさい言葉を、和泉《いずみ》は特に疑うことはなかった。


それから一日。

クラスのアイドル・雨音《あまね》の情緒不安定ぶりに、クラスメイトたちも困惑していた。

その上、休み時間になると七緒がやってくる。

そんなに他のクラスに遊びに来ていて大丈夫なのだろうか、と心配にな……いや、今更であろうか。もはや七緒の行動を咎《とが》めるものはいない。

そして放課後。

和泉は職員室で野暮用《やぼよう》を済ませると、教室に戻った。

残っているのは、雨音だけであった。

彼女は席に座って、ぼんやりと窓の外を眺めていた。和泉が戻ってきたのに気づくと、慌てて立ち上がる。

その手には、先日、和泉が作った雨音用の授業ノートがあった。それをぎゅっと抱きしめるようにして、少し気まずそうに言う。

「い、和泉っち、今日バイトないよね？　雨音、また仕事で何日か休むから、今のうちに教えてほしいんだけど……」

「あっ。そういえば、最近やってないな……」

和泉は少し考え、ばつが悪そうな顔になる。

「す、すまん。今日はバイトなかったし、七緒と帰る約束してるんだよ。また雨音の仕事が終わるまでにまとめとくな」

雨音の顔が、さっと青ざめる。

そしてノートをぎゅっと握ると……それはくしゃりと曲がった。

「へ、へえー。そうなんだ？」

「なんか買い物に付き合ってほしいって言われてさ」

「ふーん。よ、よかったね」

「いや、よくはないけど……」

和泉がため息交じりに言うが、それはそれで雨音には胸が痛むことであった。和泉が悪態をつける、ということは、それなりの信頼があってこそだ。

何が彼女をそこまで受け入れられる原因になったのか。それは雨音にはわからないことであった。

しかし、とりあえずの現状……雨音《あまね》にとっては歓迎できることではなかった。

雨音はグッと唇を噛《か》んだ。

「……あのさ。今度の土曜は時間ある？」

「え？　何かあるのか？」

「だから、その……」

雨音は縋《すが》るように、和泉《いずみ》に言った。

「雨音がモデルしてるとこ、見に来ない？　ほら、この前、リニューアルしたショッピングモールで撮影やるんだけど……」

「…………」

和泉は、少し考えて……。

「ありがとな。でも土曜はバイトあるから、ちょっと難しいかも」

「……っ!?」

その言葉に、雨音は肩を震わせた。

「……雨音？」

和泉が不思議に思って問いかけるが、返ってきたのはその答えではなかった。

「そ、そんなに七緒《ななお》っちのこと、好きなの……？」

「え？」

和泉にとっては、予想外の問いであった。一瞬はその返事を躊躇《ためら》うが……雨音のまなざしがなぜか切実で、ついその口を開いてしまう。

「雨音だから言うけどさ……」

和泉は先日のデートのことを思い出していた。


帰りの駅のホーム。

ふと和泉が告げた言葉に、七緒が何と返事をしたか。

あのことを思い返すと――今も少しだけ胸が温かくなるようであった。

「ずっと俺は、自分に価値がないって思ってた。……でも、あいつはそんな俺のこと好きだって言ってくれたんだよ」

――だから、と前置きして。

「付き合うかどうかはわかんねえけど……あいつの気持ちにはできるだけ応えたいとは思ってるよ」

和泉にとっては、友人への恥ずかしい告白のつもりであった。

しかし雨音にとっては――。

「……そっか」

その頬《ほお》に、一筋のしずくが流れる。

「……っ!?!?!?」

和泉《いずみ》は目を見開き、呆然《ぼうぜん》と立ち尽くす。

その雨音《あまね》は自身の涙に驚いた様子であった。

「あれ？」

それを拭うと……ぎこちなく笑った。

「あ、あはは。なんか目にゴミ、入ったみたい」

そんな下手な嘘《うそ》をつくと、慌てて自身の鞄《かばん》を持った。

「雨音、もう帰るね。勉強は、仕事終わってからお願い……」

「あ、ああ。わかった……」

和泉はその後ろ姿を呆然と見送った。

彼にとって雨音は大事な友人としての感情が強い。そのことを雨音は理解していなかった。

とはいえ和泉を異性として好いている雨音にとって、そんなことが受け入れられるはずもなく……。

二人の間には、いつの間にか埋めがたい溝ができていた。

――そして一方。

雨音が教室を飛び出したとき。

ちょうど階段のところで、階下から上がってきた七緒《なお》と鉢合わせた。

「あれ？　雨音ちゃん。今、帰り？」

「……っ!?」

雨音はその顔をくしゃっとさせると……しかし何も言わずに階段を下りて行った。

「………………」

その後ろ姿を見送りながら、七緒は何事かを考えていた。

💣💣💣

土曜日。

週末の繁華街は、それなりの賑《にぎ》わいを見せていた。

真新しいショッピングモールの一角に、人だかりができている場所があった。見物人は物珍しそうに、あるいは目を輝かせながらその光景を見つめている。

雨音《あまね》はモデルの仕事をこなしていた。

今日の仕事は、リニューアルしたフロアとの関連企画。雨音が新作スイーツなどを楽しんでいる様子を写真に収め、それを雑誌に掲載するというもの。

カメラマンの指示に従って、雨音がポーズを取っていく。衣装を変えたりして、何度も同じシチュエーションを繰り返す場面もあった。

……しかし、どうも進行は芳《かんば》しくない様子であった。

カメラマンの男性が、渋い顔で写真を見返した。

「雨音ちゃん。やっぱり表情、硬いかもね」

「す、すみません……」

雨音がシュンとすると、カメラマンは「参ったな……」というように頭を掻《か》いた。

付き合いは一年ほどの仲である。それなりに知っている間柄だし、雨音が仕事を頑張っているのも見てきた。

ただプロの仕事としてやる以上は、スケジュールとクオリティが優先される。カメラマンも怒っているわけではないが、自然と厳しい口調になっているようだ。

「とりあえず、休憩しよう。美味《おい》しいものでも食べて、気持ちを切り替えて……って、さっきから美味しいものばっかり持ってるか。はは……」

「……はい」

緊張を解《ほぐ》そうとして言ったジョークも、イマイチ雨音には届いていないようである。

雨音は仕切りで作られた簡易的な控室で、椅子に座ってぼんやりとしていた。スマホを片手に持っているが、どうにも上の空である。

（雨音、何やってるんだろ……）

モデルの仕事自体は楽しいが、どうにも乗り切れない様子であった。

するとカメラマンが、仕切りの向こうから顔を出した。

「雨音ちゃん。イケそう？」

「は、はい！」

慌てて撮影現場に向かった。

（今度こそ、頑張らなきゃ……っ！）

カメラマンの指示に従って、ポーズを取っていく。

……しかし結果は、休憩前と変わらなかった。

段々と調子が崩れていく。現場の空気も、あまりよいものとは言えなかった。

「雨音ちゃんはねー、自然な笑顔がいいんだよね。でも今日は、なんていうか、無理して笑ってるなーって感じがしてね」

「……すみません」

「いや、怒ってるわけじゃないんだけどね。調子が悪いときがあるのはわかるし……でもスケジュールの都合もあるからさ」

「……はい」

いっそこのまま進めるか、という意見もあった。

しかし誰も納得していないこの仕事……高校生である雨音《あまね》から見ても、あまりいい結果に繋《つな》がるとは思えなかった。

「すみません。ちょっとお手洗いに……」

「うん。こっちも何か考えとくね」

控室で化粧ポーチを掴《つか》むと、雨音はその現場を離れる。

それを見物の人だかりから、じっと見ている視線があった。


雨音は近くのトイレで、ふうっと一息ついた。ここは奥まった場所にあり、外の賑《にぎ》わいに反して静かなものである。

洗面台で顔を洗うと、鏡に映った自分を見つめる。

(……よくないよね。集中しなきゃ)

モデルの仕事は頑張らなきゃいけない。

そのために和泉《いずみ》には、わざわざノートを作ってもらったりしているのだ。ここでやけっぱちになっては、彼の献身を否定するようなものであった。

……とはいえ、それで元気が出てくるわけでもないが。

（どうしよう。今日だけ、やっぱり辞退……でもパパに怒られちゃう……）

そんなことを考えながら、化粧ポーチに手を伸ばした瞬間——。


突然、背後から何者かに抱き着かれた。


「雨音ちゃん♪」

「ぎゃああ～～～～～～～～～～～～～～～～っ!?」

雨音が慌てて振り返ると……そこにいたのは七緒《なお》であった。雨音はバックンバックンと心臓を跳ねさせながら、慌てて言った。

「な、なな、七緒っち!?　どうしているの!?」

七緒は予想より大きめのリアクションが楽しいのか、ころころと笑っていた。

「和泉くんと一緒に、雨音ちゃんの撮影を見に来たんだよー。モデルの撮影現場とか、地元じゃ見られないからすごかったー」

「そ、そうなんだ……あれ？　バイトって言ってたのに……？」

七緒《ななお》はにこりと微笑《ほほえ》むだけであった。

その表情に、雨音《あまね》の胸がちくりと痛む。

（もしかして和泉《いずみ》っち、バイトってのも嘘《うそ》……？）

その可能性に行きつき、胸がモヤっとする。

しかし、それを指摘するのは悔しくて無理であった。その代わり、平然としている自分アピールの強がりが口をつく。

「い、和泉っちと一緒にいなくていいの？」

七緒は、それにも答えなかった。

ニコニコとした笑顔のまま、一歩、雨音に近づく。

「和泉くんのこと、好きなんでしょ？」

「……っ！」

雨音の顔が強張《こわば》った。

「な、なな、なんのこと!?　雨音、全然そんなことないし!?」

「アハハ。そんなに否定しなくても大丈夫だって。ていうか、みんな知ってると思うよ？」

「えっ!?　嘘!?　そんなわかりやすい!?」

「……わかってないの、本人だけだと思うけど」

雨音は羞恥に悶《もだ》えた。

そう。

そのことをわかっていないのは、クラスで和泉だけなのである。それが幸運なのか不運なのかは、少し判断に困るところであった。

（うそ〰〰〰っ！　雨音、そんなにわかりやすいの〰〰〰っ!?）

一人で「うぎゃあああっ！」となっている雨音を、七緒は気の毒そうに見ているだけであった。

しかし雨音も黙ってやられるばかりではない。フンと鼻を鳴らすと、ものすごく毅然《きぜん》とした態度で七緒を指さした。

ある意味、その羞恥のせいで吹っ切れた。

もはや取り繕う必要はない。

じっと七緒を正面から睨《にら》むと、これまで言えなかったことをズバッと言った。

「てか七緒っち、意外と嫌な女だよね。雨音にそんな本性見せていいの？　それとも勝確の余裕ってやつ？　さすが人前で堂々とちゅーとかしちゃうだけあるよ！」

「………………」

そんな決定的な指摘に対し、七緒――。

不思議そうに首をかしげた！

「え？　ちゅーって何のこと？」

「と、とぼけないでよ！　この前の土曜、和泉《いずみ》っちとのデートの帰りに駅でしてたじゃん！」

なぜか雨音《あまね》が慌てる羽目になっていた。

その様子に、七緒《ななお》が眉根を寄せて考える。そして雨音の指摘する『ちゅー』に思い至ったのか、合点がいったというように手を叩《たた》いた。

「あ〜、なるほど。それで雨音ちゃん、この前から、なんか変だったんだねー……」

「……あれ？」

その態度を見て、雨音もおかしいと気づいた。

どうも嘘《うそ》をついている様子はない。

少し狼狽《うろた》えながら、七緒に聞き返した。

「と、とぼけてるの？」

「ううん。あれは……」

さらに一歩、雨音のほうへと近づく。

雨音は驚いて、慌てて後退《あとずさ》ろうとするが……迫られたせいで洗面台に尻が乗って、大きな鏡に背中が当たってしまう。

逃げ場を塞がれた。しかし七緒は、さらに顔を近づけてくる。

（な、何々〜っ!?　ぎゃあ〰〰っ！）

……と、雨音がぎゅっと目をつむった瞬間。

その耳元に、七緒は吐息を吹きかけるように囁《ささや》いた。

「和泉くんね。耳が弱いみたいで、こうやって囁くと顔を真っ赤にして可愛《かわい》いんだよ？」

「〰〰〰っ!?」

とんでもない不意打ちに、雨音の顔が真っ赤になってしまった。

「えっちなやつじゃん!?」

「えっちじゃないよ？」

「え、えっちだよ！　な、なるほどね。あの和泉っちが簡単にほだされちゃうわけだよ。そうやって迫って男を手玉に取るとか、どこがセイジュン系なわけ!?」

「それ言ってるの、佐藤《さとう》くんだけど……？」

真っ当な反論を、雨音は聞かなかったふりをした。もはや失うものはない。やけくそ状態であった。

そんな雨音のあまりに醜い悪あがきに対して、七緒は言った。

「好きな人に好かれたくて頑張ることの、何が悪いの？」

七緒《ななお》の言葉に、雨音《あまね》が怯《ひる》んだ。

静かだが、強い意思の籠った言葉である。

「わたしは和泉《いずみ》くんに好きになってほしいから、たくさん頑張ってる。頑張ってない雨音ちゃんに、それが悪いことだなんて言われたくない」

「〰〰〰〰〰〰〰〰〰〰っ！」

先ほどからわずかにも逸《そ》れないまなざしは、雨音の罪悪感を見透かすようであった。そして自覚してしまった雨音は、かすかに唇を噛《か》む。

（……雨音は、頑張ってない）

そうなのである。

所詮、雨音は待つだけの女であった。

相手から行動を起こしてくれるのを待つだけで、すべてが都合よく降ってくるわけがない。

そもそも和泉にとって雨音は特別ではあったが、決してオンリーワンではなかった。

元許嫁《いいなずけ》である白亜《はくあ》や、部活の後輩である波留《はる》も当てはまるが……。

十把一絡《じっぱひとから》げの女子たちよりは深い慈しみを抱いているが、それでも他の何よりも優先するべき『たった一人』ではないのである。

あのデート尾行のとき、そのことを思い知ったばかりであった。

「雨音ちゃんのこと、和泉くんから聞いたよ」

「え……っ？」

何を……というわずかな恐怖は、すぐに打ち消された。

「雨音ちゃんは、お父さんやクラスメイトたちの期待に応えようと頑張ってる。すごく頑張り屋さんで、応援したくなる人だって」

その言葉に、雨音の胸が高鳴った。

「和泉くんは、ちゃんと雨音ちゃんのこと見てるよ？」

そして七緒は、まっすぐ見つめて言った。

「ほんとに、このままでいいの？」

自身に向けられた瞳に、雨音は自身の記憶を思い返していた。

——はじめは『なんか軽いやつだなあ』と思った。

高校一年。

夏休み。

雨音《あまね》は補習のために、一人で学校にいた。

モデルの仕事が増えてきた頃で、必死に頑張って……そのせいで授業を休むことが増えて、テストの結果が散々だったのだ。

そんな雨音に、補習担当の教師は言った。

『モデルなんて馬鹿なことやってるやつは、やっぱり駄目だな』

ちゃんと学校に許可をもらって仕事をしているはずなのに、なぜそんな言い方をされなければならないのか。

その担当教師は何も教えてくれなかった。

雨音を放置し、課題を満点にするまで帰さないという。授業を受けてもいないのに、そんなの無茶苦茶《むちゃくちゃ》だった。

一人で途方に暮れていたところにやってきたのが——和泉《いずみ》であった。

『可愛《かわい》らしい子猫ちゃん。なんで泣いてるんだい？』

やべえやつがきた、と雨音は怯《おび》えたものだ。

しかし事情を説明すれば、和泉は驚くほどあっさりと授業の内容を教えてくれた。しかも先生よりも教え方が上手で……もともと飲み込みがいいほうではない雨音にも、根気強く付き合ってくれた。

すべての課題が終わるまで、一週間。

学校に用事がない日も、何だかんだと理由を付けては顔を出し、そして結局、課題を雨音の自力で終了するまで見捨てなかった。

終わった後、雨音は聞いた。

『ねえ。なんで雨音のこと助けてくれたの？』

疑問も当然だった。

そのとき和泉との繋《つな》がりはなかった。そもそも和泉のことも知らなかった。雨音とクラスも違ったのだから。

何かしらの要求があるのだろうと覚悟していた雨音に――。

『雨音は本気でモデル頑張ってるんだろ？　そんなやつが、勉強なんてどうでもいいことで傷つくなんて馬鹿げてるじゃん』

そんなことを言った後、和泉はハッとしたように慌てて決め顔になった。

『今の、めっちゃイケてなかった？　どう？』

『ぶち壊しだよ……』

なんか軽いやつだなあという印象は変わらなかった。

でも和泉には、何かしら哲学があるのだろうというのがわかった。

雨音が父親の期待に応えようとモデルを頑張るように、彼にも何かしら守りたい気持ちがあるのだろう。

――そう思ったとき、もう抜け出せない恋にハマっていた。

雨音《あまね》は叫んだ。

「やだよ！　あきらめたくないよ！」

惨めだと思った。

まるで縋《すが》るように、恋敵である七緒《ななお》の服をぎゅっと掴《つか》んでいた。

雨音は震えていた。

こんな弱みを見せて、いったい何を言われるのか。

雨音がそんな恐怖に、ぎゅっと目をつむったとき。

「――うん。雨音ちゃんの本当の気持ち、教えてくれてありがとう」

七緒はその手を握った。

そして雨音の目をまっすぐ見つめて言った。

「同じ人を好きになったんだもん。だから、わたしたちはきっと同志になれるはずだよ」

「……っ!?」

七緒の言葉は、間違いなく詭弁《きべん》であろう。

しかしそれは雨音の心を揺さぶった。

失敗を恐れ、進めなくなった先――。

その道を照らすのは、まさかの恋敵と思った相手であった。

「七緒っちは、それでいいわけ？」

「もちろん、わたしにだって打算はあるよ」

そう言って、七緒は朗らかに笑った。

「和泉《いずみ》くん、どうしてか恋に対して奥手すぎて困ってるんだ。だから、恋って素敵なものだって思ってもらえるように一緒に頑張ろう？」

「………………」

その言葉に、不思議と嘘《うそ》を感じなかった。

そこでようやく雨音にも、和泉が彼女に心を許した理由がわかったのだ。

「……雨音も、頑張ってみたい」

七緒の顔がパッと明るくなる。

「うん。雨音ちゃん、頑張ろうね」


――儚《はかな》くとも美しい友情が、ここにあった。

たとえ最後にどちらかが勝利し、その道が分かつとしても。

今だけは——そこには本物が存在し……。

「まあ、最後にはわたしが勝つけどね」

「…………」

——バチィッと、二人の間に火花が散った。

「は？　じゃあ、なんで雨音《あまね》に発破かけるの？　意味わかんないんだけど？」

「わたしひとりじゃ和泉《いずみ》くんが頑《かたく》なだって言ったじゃん」

「それだけ？　嘘《うそ》でしょ？　雨音、利用されろってこと？」

「考え方次第だよ。一緒に頑張ろうね♡」

たとえ二人の結んだ手に、ぎゅううっと力が籠っていようとも——。

たぶんきっと、これは儚《はかな》くとも美しい友情なのであった！

雨音が撮影現場に戻るとき。

その途中、和泉《いずみ》がいた。

「雨音《あまね》！　おまえ大丈夫か⁉」

「あ……」

雨音はばつが悪そうに、和泉から顔を逸《そ》らそうとした。

いつもなら何かしら誤魔化《ごまか》して逃げたかもしれない。しかし後ろから七緒《なお》に肩を支えられ、その温《ぬく》みに勇気づけられるように足に力を込める。

「和泉っち、なんでここにいるの？　バイトは？」

その問いに、和泉はすぐに答えた。

「おまえの様子が変だったし、代わってもらったんだよ」

「そ、そうなんだ……」

そして和泉が、大きく頭を下げた。

「この前はごめん！」

「え？　なんで和泉っちが……？」

雨音が不思議そうにすると、和泉が申し訳なさそうに続けた。

「雨音が頑張ってるの応援するって言っときながら、すげえ不誠実なこと言った。今日も調子悪そうだったし、俺が悪かった」

「そ、そんなことないよ。雨音が勝手に落ち込んでただけだし……」

　雨音がもじもじとしていると、和泉が静かに語りだした。

「俺の実家のこと知ってるだろ？」

「『SUMIE《スミエ》グループ』……だよね？」

「ああ。俺の両親が経営してるんだけど……中学のとき、俺が一度だけ仕事を任されたことがあるんだ。思い返せば、それがうちの両親なりの後継者選定試験みたいなもんだったんだろうな。『何でもいいから、何か一つ企画を立ててみろ』って……」

　雨音も初耳であった。

　和泉は気さくで、実家のことを茶化《ちゃか》されても動じない。しかしこの話だけは、途方もなく恥ずかしそうに語っていた。

「そのとき好きだったデザイナーに依頼して、ゆるキャラのオリジナルグッズを作った。そしてうちの系列会社で売り出したんだけど……それがまあ全然、売れなくて」

　和泉としては笑ってほしいポイントのようであった。

　しかし雨音は、ずっと真剣に聞いていた。

「そのあと同じ試験を受けた妹が、すげえ利益を出したんだ。それで跡取りは妹に決まったんだけど……あ、それ自体はいいんだ。俺も、妹のほうが向いてるって思ってる。会社のためにはそれがベストだってわかってる」

　そう言いつつも、少しだけ寂しそうな表情は隠せていなかった。

「……でも、自分の好きなものを否定されたような気分になって、それでモヤモヤして、結局、家に居づらくなって一人暮らししてるんだよ」

そして目を細め、懐かしむように言った。

「俺は誰でもできるようなことしかできない。でも雨音《あまね》は違うだろ？　こうやってみんなから期待されて、モデルとして活躍できてるんだ。誰でもできるようなことじゃない」

そして雨音の手を、ぎゅっと握った。

「雨音みたいに、ちゃんと頑張ってるやつが俺は好きだ」

雨音の顔が、かあーっと赤く染まった。

好き。

決して異性のそれとして言ったわけではない。それはわかっていつつも、どうしようもなく感情は揺れ動いた。

「だから雨音、頑張れ」

「……うん」

雨音は顔を真っ赤にしながら、こくんとうなずいた。

握られた手が、火傷《やけど》でもするのではないかというほどに熱かった。このまま溶け合って、一生、離れられなくなればいいのにとさえ思った。

そのとき、撮影現場からカメラマンの声がした。

「雨音ちゃん！　そろそろ大丈夫!?」

「あ、はい！」

名残惜しくも、雨音はその手を離した。

一瞬、現場へと駆けだそうとする。

しかし振り返ると、和泉《いずみ》に向かって笑った。

「和泉っち！」

「ん？」

和泉が首をかしげると――雨音が眩《まばゆ》い笑顔で言った。

「誰にでもできること、ちゃんとできるのってカッコイイよ！」

「…………」

和泉は驚いた様子で、雨音を見送った。

撮影は再開されて、周囲の見物人のざわめきも大きくなる。先ほどのカメラマンが感極まった様子で何事かを叫んでいるのを聞くと……どうやら、雨音の調子は戻ったらしい。

隣でニコニコしてる七緒《なお》に、和泉は聞いた。

「七緒。おまえ、雨音になんか言った？」

「んーん？」

その表情からは本心は読み取れないが、なんとなく本当のことだろうと思った。

和泉《いずみ》は少し……ほんの少しだけ、雨音《あまね》の言葉を噛《か》み締《し》めるように笑った。


——これは先週の土曜日。

七緒《ななお》とのデートが終わり、帰途に就く電車を待っているときのことであった。

「七緒は、なんで俺のことが好きなんだ？」

和泉の問いに、七緒はその顔を見上げる。

「俺は誰にでもできることしかできないし、正直、そんなに魅力があるようには思えないんだけど」

「…………」

七緒はクスッと微笑《ほほえ》んだ。

そして踵《かかと》を上げると、その耳元に唇を近づける。

「誰にでもできること、ちゃんとできるのってカッコイイよ」

「…………」

その言葉に、少しだけ——ずっと胸の内でわだかまっていた何かが、溶け出すような気がした。


その「好き」に、身を任せてしまいたいという思いが胸に満ちる。

でも、だからこそ、完全に受け入れてしまうのが怖いような気がした。

この極めて近く、しかし果てしなく遠い一歩を踏み出せる日は来るのだろうか。
それはわからないが——。

とりあえず今は、まだこの心地よいぬるま湯に浸っていたいような気がした。


「だから、耳元で囁《ささや》くのやめろ!?」

「和泉くん、最後の最後でガード固いんだよ。諦める気になったか？」

「ああ、そうだよ。俺はガード固いなー」

和泉の言葉に、七緒は柔らかく微笑んだ。

「そんな一筋縄じゃいかないところも、だぁい好き♡」

Epilogue ／好きな気持ちに終わりは存在しない

週明けである。

昼休み、和泉《いずみ》は屋上で昼食をとっていた。

……とっていたのだが。

「はい。和泉くん、あーん？」

もはや隣に七緒《ななお》がいるのは世界の理《ことわり》のようであった。

その箸で差し出される卵焼き……砂糖たっぷりの甘いそれを、和泉は躊躇《ためら》いながらも口にする。

「どうかな？」

「……うまいっす」

餌付けが進んでんなあ、と和泉は自分に呆《あき》れるばかりであった。そして決して悪い気がしていない現金な自分を感じ、さらに呆れる。

そこへもう一人。

「い、和泉っち。一緒いい？」

「雨音《あまね》か」

七緒に目を向けると、にこりと微笑《ほほえ》んでうなずいた。

「もちろん」

「じゃあ……」

と、和泉を挟んで反対側に座る。サンドイッチにされ、和泉は「あれ?」と思った。てっきり七緒と隣同士になるかと思っていたのだ。

まあいいか、と和泉は納得した。

「あれ? 雨音、今日は弁当か?」

「あ、うん。たまには栄養バランスとか考えないとね……」

なぜか恥ずかしそうに、その蓋を開ける。

……なんだかものすごく茶色い弁当であった。とても女子高校生……しかも人気モデルの食べるものとは思えない。栄養バランスとは。

「その肉肉しい弁当、雨音が食べるのか……?」

「えーっと……」

雨音は迷いながらも、意を決した様子でその一つを箸で取った。

そして、それを和泉の眼前に突き出す。

「あ、あ――――んっ!」

「ええ……」

まさかの「あ～ん？」参戦であった。

和泉《いずみ》は驚いた。

「ど、どうしたんだ？」

「えーっと。その、なんていうの？　この前の撮影のとき、元気くれたから……」

そういうことらしい。

そんな大層なことをした覚えはないのだが……。

その雨音《あまね》は七緒《ななお》と目を合わせて、何やらニヨニヨしている。しかしその後、なぜかバチバチしていた。

（え？　何この空気？　仲いいの？　仲悪いの？）

おそらく七緒が一枚かんでいるのだろうと察して、和泉はそれ以上の言及を諦めた。

「き、気持ちは嬉《うれ》しいんだけど……」

実は和泉、先ほど二つの弁当を平らげたばかりであった。一つは白亜《はくあ》の持たせたもの、もう一つは七緒が持参したものである。

しかし雨音が、ちょっと照れながら言った。

「あ、雨音が作ったの……」

「………」

和泉は先日の失敗を思い出した。雨音の誘いを蔑《ないがし》ろにした結果、傷つけてしまったではないか。

（やるしか、ない……っ！）

討ち死にこそが武士の誉れである。

和泉は口を開けた。

それに、おっかなびっくり、雨音が唐揚げを押し込んだ。よりにもよって、一番ヘビーなものであった。

……それ自体は、いいのだが。

「……っ!?」

それを食べた和泉が、ぎくっとなった。その額から、つうっと一筋の汗が流れる。これは屋上の暑さによるものではない。冷や汗である。

それでもぎこちなく笑った。

「う、うまいよ」

「……っ!?」

雨音の顔が、パッと明るくなった。

その表情に心が満たされるような気持ちになり——つつも、和泉には確認しなくてはいけないことがあった。

「なあ、雨音」

「なに？」

「これ、味付けはどうやったんだ？」

「えーっと……」

醤油《しょうゆ》、みりん……と、指折り数えられるものは、極めて普通の調味料であった。クックパッドで紹介されてるような王道スタイルである。

が、最後に笑顔で付け加えられた。

「隠し味に、雨音《あまね》が好きなチョコたくさん入れてみたんだ～っ！」

「～～～～っ！」

和泉《いずみ》の口の中で暴れている混沌《こんとん》の正体が、ようやく掴《つか》めた。

「……雨音。味見、してみたか？」

「え？　してないよ？　朝から唐揚げとか食べれんし、油ものはニキビできるからＮＧだもん」

モデルとしては至極、まっとうな返答。

和泉は絶望した。

そして続くおかず類……同じように揚げ物中心なので、おそらくは同じように味見はしていないだろう。

「……次をくれ」

和泉は耐えきった。

そのすべてを平らげた。

「……うまかった。ありがとな」

和泉がすべて平らげると、雨音は眩《まばゆ》いばかりの笑顔でうなずいた。

「うん！」

と、そこでふと、雨音のスマホが鳴った。

「あ、ヤバ！　もう時間！」

そう言って、空っぽになった弁当箱を、嬉《うれ》しそうにポーチに仕舞《しま》った。

「じゃあ雨音、これから白亜《はくあ》さんたちと約束してるから！」

「お、おう。……え？　白亜姉さん？　なんで？」

「乙女の秘密だから、聞いちゃダメ！」

「嫌な予感しかしねえ……」

和泉が首をかしげている間に、雨音は行ってしまった。

そして姿が見えなくなると……限界がきたように項垂《うなだ》れた。

「なんで揚げ物にチョコ……」

「カレーとかに入れると美味《おい》しいって有名だよね。それで思い付いたんじゃないかな」

「雨音、その手のタイプだったかあ」

青い春の空を見上げながら、和泉《いずみ》は唸《うな》った。

「料理の専用ノートも作るか……」

「本末転倒な気もするなー」

クスクスと微笑《ほほえ》む七緒《なな お》に、和泉も笑い返す。

「ありがとな。雨音《あま ね》のこと元気づけてくれたんだろ？」

「うーん。元気づけた……のかなあ？」

「どっちにしても、雨音にとってはよかったろ」

先日の消沈ぶりは消えた。

土曜日の撮影も評判はよく、軽いスランプは脱したものと見える。

何より——と和泉は思った。

「俺だけじゃなくて、あいつが自然体になれる友だちができたってのが、俺はマジで嬉《うれ》しいよ」

「うん。わたしも雨音ちゃんとお友だちになれて嬉しいよ」

ほっこり温かな胸の内を語る七緒に、和泉も安心した。

そこでふと、和泉はスマホで時間を確認する。

「あ、ヤバい。今日、委員会あったんだ」

「そうなの？」

「ちょっと行ってくる。七緒はどうする？」

「あ、わたしはクラスに戻ってる」

和泉は「わかった」と言ってベンチから立つ。

そして歩き出そうとして……ふと思い立って振り返った。

「七緒」

「どうしたの？」

七緒は聞くが、和泉は少し考える。

（うーん。やっぱり素直に言うのは、また負けた気がして悔しい……そうだ）

そしてコホンと咳《せき》をすると……いつものニヒルな微笑みを浮かべる。

七緒の耳元に唇を寄せ、試しに甘く囁《ささや》いてみた。

「今日も弁当、ありがとな」

「…………」

七緒が目をぱちくりとした。

「……もしかして、わたしの真似《まね》してる？」

「うっ」

あっさり看破されて、逆に和泉がたじろいだ。

冷静に指摘されると恐ろしく恥ずかしい。その場のノリでやったこととはいえ、和泉は自ら積み上げた業に一人で悶《もだ》えた。

「あ、いや、いつもやられっぱなしだから、たまには、その……」

「…………」

七緒《ななお》はくすりと微笑《ほほえ》むと、今度は自ら和泉《いずみ》の耳元で囁《ささや》き返した。

「そんな和泉くんも可愛《かわい》いぞ♡」

「やめろーっ!? 脳が溶けるだろうが!」

和泉はいつものように手ひどいカウンターを食らい、逃げるように委員会へと向かった。

屋上からの階段を下りながら、先ほどの行動を大きく後悔する。

(やっぱ普通に言えばよかった! でもそれはそれで恥ずかしいし……)

午後の授業の際、廊下で一人、悶えながら歩く和泉の話でクラスが盛り上がったのは言うまでもなかった。


……そんな和泉がいなくなった屋上。

七緒は彼が消えたドアから目を離すと——すとんとベンチに腰を下ろした。

そして両手を頬《ほお》に当てて、その場で困惑の声を上げる。

「な、何、今の~~~~……っ!?」

座っているのではない。

腰が抜けて動けなくなっているのだ。

「もう、もう、もう～～～～っ！　和泉《いずみ》くん、たまにああいう反撃するから、ほんとに心臓悪いよ～っ！」

その顔を真っ赤に染めて一人で悶《もだ》える様子は、和泉の言うブラックでもホワイトでもなく……ただの年頃の少女であった。

「ほんと、わたしがどれだけ頑張って平静保ってると思ってるの～っ！」

……そんな恨みがましい訴えを聞くものはいなかった。


【ヒロインレース】

それは命を賭して繰り広げられる過酷な生存競争。

【ヒロインレース】

それは血で血を洗う仁義なき正妻戦争。

【ヒロインレース】

それは勝者と敗者を明確に分け隔てる世界の縮図。

その参加権を持つもの。

それは期限通りにエントリーしたものだけに限られない——。


その日の放課後。

繁華街の片隅にある、こぢんまりとした喫茶店。

そのホールで、和泉は大人しめの給仕服に身を包み、女性客を見送っていた。

「ありがとうございます。またお越しくださいませ」

キャッキャと楽しそうに手を振る女性客がいなくなると、和泉はふうっと息をつく。

ここは和泉のバイト先であった。

マスターこだわりの珈琲《コーヒー》と、豪快に盛られた絶品ナポリタンが売りである。

「今のお客さんで最後かな？」

和泉に声をかけたのは、同じくバイトの女性であった。

短いポニテが似合うクールな女子大生である。

この店のウェイトレスで、和泉より一年ほど先輩にあたる。

凛《りん》とした物腰は、ユニセックスな給仕服がよく似合う。実際、彼女を目当てに通う女性客もいるほどだ。

「そうですね。そろそろ閉店時間ですし、もうお客さんは来ないと思います」

「じゃあ、早めに片付けを始めようか」

手分けしてテーブルを掃除しながら、和泉《いずみ》は彼女へと言った。

「この前の土曜日、代わってもらってありがとうございます」

「いいよ。困ったときはお互い様だ」

「助かりました。ちょっと学校の友だちの様子が変だったので気になって……」

「まあ、どこでも人間関係は大変だよね」

そんなことを話しながらその女性はちらと和泉を振り返る。

真剣に掃除をする横顔を眺めながら――ポッと頬《ほお》を赤らめた。


（……友だち思いの和泉くんも、やっぱり好き♡）


……勘の鋭い方はお気づきであろう。

そう、このパターンである。

いや待て。もしかしたら違うかもしれない。さすがに三人も続いて、さらに四人目が存在するなどあるはずもない。どんだけ鈍感野郎なんだよとツッコまれてもしょうがないではないか。

しかしそんな希望は、残念ながらこの物語には存在しないのである！

その女子大生は、うっとりとため息をもらす。

(和泉くん。パッと見はあんなにチャラそうなのに、すごく真面目なギャップがたまらない……同じバイトにこんな子が入ってくるとは奇跡だ)

そしてお約束に反せず、一転、小さなため息をつく。

(……カノジョ、いないよね？　高校生なのだし、カノジョいたらこんなにシフト入れないだろう。学校での女の子の話とかも聞かないし、土曜の友だちも男の子かな？)

そんな不安を一人で抱えながら、やはり一人で悶《もだ》えていた。

(でも、ボクは大学生……さすがに高校二年生にガチというのは知られたくない！)

……そんな彼女に、ふと和泉が言った。

「あ、そうだ。シフト代わって頂いたお礼がしたいんですけど。何かあります？」

「……っ⁉」

意外な申し出に、ドキリと胸を弾ませる。

しかし表面上、何でもないことのように断りを入れた。がっついてると思われたくない見栄《みえ》である。

「い、いや、そのくらい気にしなくていいよ。いつもバイトで助けてもらっているし」

「そんなわけにはいきませんよ。土曜日、稽古を休んでくださったんでしょう？」

「それはそうだが……」

ふと脳裏に、これを契機とすべしというお告げが降り注ぐ。あえて言葉にすると『TANABOTA』である。

「そ、そうだな。それじゃあ……」

意を決するように、ごくりと喉を鳴らす。

「今度の週末、バイト終わりに付き合ってくれないか？」

「いいですよ。何か御用が？」

「い、いや、ちょっと男子の意見を聞きたいことがあって……」

わかりやすい言い訳であった。

厨房《ちゅうぼう》のほうで、マスターが微笑《ほほえ》ましそうに見ている。

この小さな店で生まれた恋の芽が、長い時間をかけてようやく花開くかもしれない。そんな温かな期待に満ちていた。

彼女もまた、明るい未来への期待を膨らませていた。

（こ、これはデート、ということでいいんだろうか。つまり和泉《いずみ》くんも、ボクを……これは期待してもいいのだろうか？）

——そのとき、喫茶店のドアが開いた。


閉店近くの来客に、甘ったるい空気が霧散した。

慌てて普段のクールな表情に戻り、その客に対応する。

「い、いらっしゃいませ。おひとりさまですか？」

ふわりとした印象の女の子だ。

さすがにこの時間、一人で出歩くのは——と不安に思った瞬間。

「あ、和泉くん！」

その女の子は、ぱっと顔をほころばせた。

（……ん？）

自分に目もくれず、和泉に近づく。

そして和泉も、平然とした様子で言った。

「七緒《なお》。マジで来たのか？」

「うん。ちょっと用事で近くに来たから、一緒に帰ろうと思って」

「おまえなあ。さすがにこの時間、女の子が一人じゃ危ないぞ」

そんな気安い会話をする二人に……その女子大生は完全に固まっていた。

そして視線の先で、その女の子がどこか蠱惑的《こわくてき》な笑みを浮かべる。さりげなく和泉《いずみ》の指をつまみながら、上目遣いに言った。

「わたしのこと心配してくれるんだ？　優しいね？」

「……っ!?　だから、そういうこと人前で言うなよ！」

ホットな二人の空気に反して、店内の空気は恐ろしく冷たくなっていた。


……もう一度、ここに明記しておく。

これはヒロインレースではない。

七瀬七緒《ななせななお》が、無双するだけの物語である。

たった一人の女の子の、ささやかな恋の物語である！

あとがき

七菜《ななな》です。

印税様の匂いにつられてやって参りました、ＭＦ文庫Ｊ！

すみませんこれが平常運転です!!


『登場する全員が幸せになる、宝石のように輝く素敵なラブコメが書きたい――』


さて今回、そんな確固たる信念を込めて企画を提出いたしました。

誰も涙を流すことなくハッピーエンド満載で、最初から最後までラブ一直線の甘々な日々を綴《つづ》っていく抒情詩《じょじょうし》。その情熱は留《とど》まるところを知らず、たった一つだけでは満足できずにいくつもの原案を提出し続けました。

そんな感じでたくさんシチュエーションラブコメのアイデアを出していたら、最終的にみんなでバトルロイヤルすることになりました。どうしてこうなったんでしょうね。不思議です……。


いえ、本当はこんな残酷なことしたくなかったんですよ。

勝ちヒロインがいるということは、負けヒロインがいるということ。

勝者の陰では、必ず敗者が涙を飲んでいる。

そんな現実には、とてもじゃないが耐えられない。そんな心の弱い人間なんです。本当です。七菜は心優しき人間ですからね。ここまで読んでくださった皆様にはわかって頂けますよね。ほらそんな気がしてきたでしょう？　それが世界の真実ですからね。疑ってはいけませんよ？

そんな感じで始まりました『ちゃん好き』！

果たして二巻はあるのかな!?　売上次第だ！　よろしくお願いいたします！　運がよければまたここでお会いしましょう！

☆★スペシャルサンクス☆★

イラスト担当のちひろ綺華《あやか》先生、担当編集I様、制作・販売に携わってくださいました皆様、大変お世話になりました。また次巻もご一緒できることを祈っております。

そして読者の皆様、またお目にかかれる日を願っております。

２０２４年9月　七菜なな

ファンレター、作品のご感想を
お待ちしています

あて先

〒102-0071　東京都千代田区富士見2-13-12
株式会社KADOKAWA　MF文庫J編集部気付
「七菜なな先生」係　「ちひろ綺華先生」係

MF文庫J

ちゃんと好きって言える子無双

2024年10月25日　初版発行

著者　七菜なな

発行者　山下直久

発行　株式会社 KADOKAWA
〒102-8177 東京都千代田区富士見2-13-3
0570-002-301（ナビダイヤル）

印刷　株式会社広済堂ネクスト

製本　株式会社広済堂ネクスト

Printed in Japan　ISBN 978-4-04-684170-4 C0193

◇◇◇

クラスの大嫌いな女子と結婚することになった。

好 評 発 売 中

著者：天乃聖樹　イラスト：成海七海
キャラクター原案・漫画：もすこんぶ

クラスメイトと結婚した。
しかも学校一苦手な、天敵のような女子とである。